浪華疾風伝 あかね　弐　夢のあと

築山 桂

ポプラ文庫ピュアフル

JN263889

目次

浪華疾風伝あかね　弐

夢のあと

序章　邂逅――大坂夏の陣

慶長《けいちょう》二十年（一六一五）、五月七日――。

大坂は、血で染まった。

豊臣《とよとみ》方五万、徳川《とくがわ》方十五万の軍勢が町を埋め尽くし、人々を蹂躙《じゅうりん》した。

ことに、最後の決戦の場となった四天王寺《してんのうじ》の寺辺は、悲惨であった。人々が暮らし、市《いち》が立ち、家々が軒を連ねていた町のすべてが、双方の軍勢によって蹴散らされた。

長年、町の賑わいの核であった古刹四天王寺の伽藍《がらん》は、すでにない。後に大坂冬の陣と呼ばれることになる前年の戦で、豊臣勢に焼き払われたのだ。

霜月の寒風のなか、火は瞬《また》く間に堂塔を焼き尽くし、さらに町に燃え広がった。難波宮《なにわのみや》より続く四天王寺の門前で、商人や職人が集まり、常に賑わいを誇り続けてきた古い町並みは、荘厳なる伽藍とともに無惨に炎に呑まれたのだ。

それから半年、大坂中を荒廃させた戦が終わり、ようやく人々の暮らしが落ち着いてきた矢先に、再び同じことが起きた。

戦は、冬の戦よりもさらに酷《ひど》いものになった。

数の力でもって豊臣を押しつぶさんと目論《もくろ》む徳川と、勝ちめのないままに無意味な争いを続ける豊臣。どちらの兵も、戦の邪魔になれば家に火をかけ、田畑を荒らす。蓄えられた財は略奪し、女をみれば嬲《なぶ》りものにする。

「許せん——」

荒れ果てた町に立ち尽くした少年——甲斐《かい》は数えきれぬほどに繰り返した言葉を、さらに胸に刻み込んだ。

憎んでも、憎みきれぬ奴ら。

甲斐自身、六年前、七つの時に親兄弟を豊臣の手の者に殺されている。戦場でのことではなかったが、戦に備えた豊臣家の企みゆえのことだ。甲斐の命も奪われそうになったが、幸運にも心ある者に助けられ、その後、天王寺の町に引き取られて暮らすことになった。

仇《かたき》ともいうべき豊臣家が滅び去ろうとしているのは、甲斐には心地良いことである。

しかし、大勢の民がこうして豊家《ほうけ》滅亡の巻き添えとなることは、許せなかった。

甲斐は、今朝、高台からみた光景を思い出した。
四、五里も離れぬところにいくつもの森が見えた。森に見紛《まが》うほどにびっしりと並んだ徳川勢の旗指物《はたさしもの》であった。

北に目を移せば、豊臣の軍もすでに陣を敷き、四天王寺の石鳥居までもが、厭《いと》わしい旗指物に囲まれていたが、やはり数は圧倒的に少ない。勝敗はもはや、覆りようがない。

しかしながら、豊臣方のなかで、茶臼山《ちゃうすやま》を染める赤く禍々《まがまが》しい幟《のぼり》の一群は、劣勢にある軍勢のなか、ひときわ猛々しく目を引いた。

豊臣方随一の知将真田《さなだ》幸村《ゆきむら》の軍勢である。数では圧倒的に不利な豊臣方が、未だに総崩れにならぬのは、その真田の智略のゆえだともいう。ゆえに、戦は長引いている。

甲斐にとっては、真田一族は、親兄弟を直接手にかけた仇でもあった。

できることならば、豊臣の軍勢に紛れて赤備《あかぞな》えの一群に近づき、真田幸村の首をとってやりたい。甲斐の胸にはそんな強烈な思いが突き上げた。

しかし――、

「甲斐、何をしとる、こっちや」

仲間の声に呼ばれ、甲斐は振り返った。

百姓に身をやつした仲間が手招きしている。その向こうには、逃げ遅れた町の者たちの姿があった。傷を負い、血を流している者。足の弱い年寄や病人。親にはぐれた子供。十人ばかりが肩を寄せ合うようにしていた。

戦場のまわりには、こうした者たちが大勢いる。誰に助けを求めることもできぬ弱い者たちだ。

今後、戦が終わりに近づくにつれ、大勢の落人《おちうど》が辺りに押し寄せる。そのときに犠牲になるのはこの者たちなのだ。

甲斐がやらねばならぬのは、その者たちを救うことだった。

それこそが、身寄りを亡くした甲斐を引き取り、今日まで育ててくれた養父やその一族の、務めとするところなのだ。今は己の仇討ちだけを考えている場合ではない。

甲斐はすぐさま、仲間の元へ駆け寄った。

軍勢の入り乱れる戦場を避け、この者たちを安全な村へと連れて行く。村は仲間たちに守られている。落人に襲われることもない。

甲斐は仲間に命じられた通り、村へ向かう一行のしんがりに付き、傷ついた者たちを守りながら先を急いだ。

村へ向かう道には、他の仲間に導かれて同じような者たちが集まってくる。疲れ果てた足取りで村へ進む人数が増えれば増えるほど、甲斐の胸にはやりきれぬ怒りが募る。

なぜ、この町が戦で焼かれねばならぬのか——すべてを奪われなくてはならぬのか。

突然、一行の先頭で悲鳴があがった。

同時に、甲斐も気づいた。

行く手から、騎馬武者の一団が近づいてくる。七、八騎はいる。戦場から逃げてきた者ではないかと甲斐は思った。でなければ、このような場所に、中途半端な人数で現れるはずがない。

「甲斐、林のなかや」

先頭にいた仲間が叫んだ。言われるより先に、甲斐も右手に見える木立を指さし、逃げ込むようにとみなに指示した。このまま通り過ぎればいいが、落人であれば、傷ついた者からでも身ぐるみ剝《は》ごうと考えるかもしれない。

「急げ、早う!」

甲斐は町の者たちに怒鳴った。

しかし、傷を負った者たちはすぐには動けない。

あっという間に騎馬武者は近づいてきた。一行に気づくと、獲物を見つけた獣のように、傷ついた者たちへと突進してくる。やはり、略奪するつもりだ。

甲斐はすばやく懐に手を入れ、縄標《じょうびょう》を放った。鋭利な手裏剣に似た武器だが、根に縄が付き、放ったあと、すぐに手元に引き寄せられる。

「うわ……」

先頭の騎馬武者が、目を穿《うが》たれて落馬し、動かなくなった。

甲斐は素早く縄を引くと、続く敵を狙う。

仲間が焙烙玉《ほうろくだま》を投げた。火薬が爆《は》ぜ、馬が驚いて武者たちを振り落とす。

後ろにいた騎馬武者たちが、たじろいだ。無力な者たちと見て襲いかかってきたが、目論見がはずれ、驚いている。

甲斐は縄摽を手に、騎馬武者たちを見上げた。

鎧兜《よろいかぶと》も、馬もない。それでも、我らが負けるわけにはいかぬ。——その自負は甲斐のものでもあり、ともに戦う仲間のものでもあった。

だが、再び、馬の足音が近づいてきた。

先ほどと同じ方向から、別の一団が来る。さすがにこれ以上の数となると厳しいかもしれない。

甲斐は顔をしかめ、新手に目を向けた。次の瞬間、甲斐は刮目《かつもく》した。

現れたのは、赤備えの武者だったのだ。二十騎ばかりはいるだろうか。間違いなく、真田の手の者だ。

瞬く間に近づいてきた赤備えの一団は、ためらわず、先にいた一団に襲いかかった。

「真田殿、違う、我らは毛利《もうり》隊のもの、敵ではない……」

狼狽した騎馬武者の言葉に、赤備えの一団は耳を貸さなかった。

「甲斐、今のうちにみなを逃がすのや」

仲間の声が聞こえた。

だが、甲斐はそれを無視した。真田は仇。その手の者が、今、目の前にいる――。

「甲斐、よせ、そないなことしてる場合か！　真田の者はこっちまでは来ん」

その声を耳にとめ、目の前の赤備えの武者が、甲斐を見た。

赤い兜の下に見えた顔は、まだ若い。甲斐とも、そう変わらぬ歳かもしれない。手には十文字鎗《やり》を握っていた。

甲斐と目が合ったのは、一瞬だった、

「真田殿――」

先にいた騎馬武者の一人が怯《おび》えたような声で言い、若武者は再びそちらに顔を向けた。

「我らは味方……」

「戦場から逃げ、徒《いたずら》に町の者を襲う――武士の風上《かざかみ》にもおけん。恥を知れ」

若武者の鎗がためらわず相手の胸を貫く。情け容赦もない。

赤備えの若武者で、真田の名で呼ばれる者――それが誰なのか、甲斐には判った。

真田幸村の嫡子、大助《だいすけ》――天王寺口の戦場に出ているとの話は、すでに甲斐の耳にも入っていた。

今ならば、その首を狙える。

思ってもいない好機に、甲斐は全身が総毛立つようにすら感じた。神仏は自分に味方してくれたのだ。仇討ちの機会を与えてくれたのだ。甲斐は縄摽を構えた。

だが、そのとき、甲斐の目の端に、逃げ遅れた老婆の姿が映った。幼い孫と二人、町に置き去りにされていたのを見つけ、甲斐がここまで連れてきた者だ。

その老婆の手前に、騎馬武者がいる。真田勢に怯えた落人が老婆を蹴散らして逃げようとしている。

逡巡《しゅんじゅん》は、甲斐にはなかった。

甲斐の放った縄摽は、落人の乗った馬の首を貫き、馬はその場に倒れた。甲斐は素早く老婆をかばい、林のほうへと急がせる。

甲斐は、争いを続ける武者たちを振り返った。

真田勢はすでに、落人たちをすべて始末していた。数人が、こちらに目を向けている。

だが、襲いかかってくることはなかった。そのまま、若武者真田大助に率いられ、北のほうへと去っていく。

ここで殺さねば、真田の嫡子を討つ機会など二度とない。

甲斐には判っていた。戦が終わるときには、討ち死にしていいよう相手だ。たった今、自分は千載一遇の好機を逃してしまったのだ。

それは仕方のないことだ。自分には、他にやらねばならぬことがある。

だが、やはり、甲斐には口惜しくてならなかった。養父の信頼を裏切ってでも、血を分けた親兄弟の仇討ちをすべきではなかったか――。

（いや、それはだめだ）

甲斐は未練を断ち切るように、きつく目を閉じた。

翌五月八日。

大坂城は燃え落ち、豊臣家は滅びた。

真田幸村は越前松平忠直《えちぜんまつだいらただなお》の兵に首を討たれ、嫡子大助は大坂城で豊臣秀頼《ひでより》に殉死――巷間《こうかん》には、そう伝えられている。

第一章　吉利支丹の姫

一

少年はその日、村はずれまで一人で出かけた。背丈ほどもある葭《あし》の茂みをかきわけながら、川沿いの道を早足で進んだ。

先だって見つけた、あの美しいひとの姿を、もう一度、確かめに行くのだ。

そのひとは、髪がなかった。お寺で暮らしていたからだと、一緒にいた薄汚い婆さんは言った。つまり、お坊さんということだ。お坊さんなら髪がなくてもしょうがない。

女のお坊さんに会うのは、少年には初めてのことだった。髪がないのに、そのひとは美しかった。歳は、少年の四つ違いの姉と同じくらいか。

「お寺から逃げてきてしまいましたから、仏罰が当たるかもしれません」

美しいひとは辛そうに言った。鈴を転がしたような澄み切った声だった。

白く透き通るような肌をしたそのひとは、黒々と濡れたような瞳で少年を見、赤い艶やかな唇に困ったような笑みを浮かべて言った。

「お前は、もうここに来てはいけませんよ」

少年は狼狽《うろた》えながらも、うなずいた。

村はずれのその屋敷は、ずっと無人だった。かつて住んでいた武士は、戦に出て行ったきり帰らなかった。それ以来、野犬の群れが棲みついているだの、役人に追われて野垂れ死にした吉利支丹《キリシタン》の幽霊が出るだのとの物騒な噂があり、村の者も滅多に近寄らない。

少年が迷い込んだのは、石礫《いしつぶて》で傷を負わせたはずの山鳥が、この辺りに逃げたように思ったからだ。

野犬にでくわしたらどうしようかと、おっかなびっくりで土壁が崩れた門をくぐってみたところ、台所から煙があがっていた。驚いて、ついなかまで入ってきてしまったのだ。まさか、人が住み始めているとは思っていなかった。

「私たちのことは、誰にも言ってはいけません」

そう言われたから、親にも兄弟にも言えない。

だが、家に帰っても、そのひとのことが忘れられなかった。もう一度、会ってみたいのだ。あの鈴の音のような声を、聞いてみたいのだ。あのひとが本当に、この世のものでであったのか、確かめてみたいのだ。もしかしたら、天女様かもしれないではないか。

秘密を分かち合える相手を少年は頭のなかで捜し、文太《ぶんた》ならいいのではないかと思った。文太は幼なじみだ。少年にとって、二つ年上の兄貴や、三つ年下の弟以上に、近しい相手だ。

次の日、さっそく文太に話してみた。

他の奴には絶対に内緒だと前置きしてから話すと、文太は目を輝かせて「おれ、見たい。その綺麗なひとに、会《お》うてみたい」と言った。だから、「なら、明日、昼過ぎに村はずれの地蔵の前で」と待ちあわせたのだ。

なのに、文太は約束を破った。

今日、文太は地蔵の前には来たが、一緒には行かないと言った。「佐助《さすけ》と出かけること、お父ちゃんに言うたら怒られた」というのが理由だった。

ふざけんな、と佐助は憤慨した。

村の大人たちは仲が悪い。文太の親と佐助の親がいがみあっているのも、昔からのことだ。何を今さら、である。佐助は親に怒られるのも構わず文太を誘ったというのに、文太は親を選んだ。十にもなって親の言いなりなのだ。しかも、秘密だと念を押して喋ったことを、親に告げ口した。餓鬼くせえ。

佐助が物心ついたときから、村は二つに分かれて争っていた。

なんでも、八年前に大きな戦があったときに、村は割れたのだそうだ。豊臣方の味方をしたものと、徳川方についたものと。

村長《むらおさ》は徳川方についた。戦は必ず徳川の勝利となる。敗者につけば、村の将来はない。村のためだ――そう言ったらしい。若く、賢い男である。その判断に間違いはなかろうと賛同する者は多かった。

しかし、村でいちばん物知りの長老は、豊臣方だった。太閤様のご恩を忘れて裏切ることはできない、というのだ。

「太閤はんが大坂の町を大きゅうしてくれた。商売もさかんになった。砂州と葭の原ばかりで米も木綿もろくにとれんこの村で、若い者が川舟稼ぎで金を得るようになったから、みな、楽な暮らしができるようになったのやないか。その恩を忘れたか」

長老の言葉に、村の半分はうなずいたという。

確かにそうだ。海からの風が吹き抜ける村では、土地にも塩気がまざり、作物はうまく育たない。代わりの仕事が必要だった。

太閤秀吉《ひでよし》が大坂に城を築き、城下町に商人を呼び寄せた。それまで大型の船が着くのはもっぱら堺《さかい》の湊《みなと》であったが、次第に大坂にも船が入るようになった。入るといっても大坂の湊はまだ充分に整ってはおらず、船は河口に近づけぬから、かなり沖合に碇《いかり》を降ろすことになる。そこから小舟に荷を積み変えて市中に運ぶのだ。

佐助の村では、男手がみな、川舟の船頭や荷を積み降ろす仲仕《なかし》となり、金を稼ぐようになった。村を横切って流れる川は、河口深く入り込む波のせいで流れが速いし、砂州が入り組んでいる。慣れた者でなければ上手く棹《さお》を操れない。昔から川とともに生きてきた村の民にとっては、うってつけの仕事であった。

湊を使う商人たちは競いあうように村人を雇い、村は、貧しさから解放された。

佐助の母ちゃんも、そのおかげで町に売られずにすんだのだという。これは二年前に死んだ祖父《じい》ちゃんから聞いた話だ。祖父ちゃんも、昔は川舟の船頭だった。

「しかし、それは昔の話やないか」

戦を前にして焦りを覚えていた村長は、声高《こわだか》に長老に反論したという。

「昔の恩に縛られて、時流を読み損なったらえらいことになる。天下は徳川のものになるのや。この村が最後まで豊臣についたとなれば、徳川に憎まれる。そうなれば、川舟の仕事も何もかも、取り上げられるかもしれん。村はまた、貧しゅうなるに違いない」

「それはない」

長老はきっぱりと言った。

「お前さんはまだ若い。村の貧しかった頃を知らん。そやさかい、そないな阿呆《あほ》なことを言うのや。川舟の仕事は、儂《わし》らで無うてはできんもの。そもそも、舟を雇うのは商人や。商人が儂らを欲すれば、それで稼ぎは得られる。豊臣も徳川もない。戦の勝ち負けにこだわって旧恩を忘れれば、この村はまわりから薄情者の誹《そし》りを受ける。そのほうが、よっぽど村のためにならん」

「しかし、そうは言うても……」

「力を持った者にそのたびに媚《こ》びていては、やがて軽んじられるようになる。村にも町にもそれが判らん者が増えすぎた。徳川が天下をとるというのなら、儂らはそれをじっと眺めておればええ。関東者がこの大坂をどうするつもりか、我が目で確かめ、その手腕を見定めればええのや。織田《おだ》のときも、豊臣のときもそうやったやないか」

「……徳川は織田や豊臣のように甘《あも》うはないわ。ここでつくべき相手を読み間違えれば、村はおしまいや」

村長は吐き捨てた。

——それから、八年。

大坂の町は徳川家のものになり、豊臣家は滅んだ。数年前までは村にもまだ、「豊臣の落人が逃げてきた」との噂が流れたり、「豊臣の残党狩り」だと言って徳川の侍が出入りし村人の素性《すじよう》を一人ずつ確かめたりもしていたが、さすがに近年はなくなった。戦の名残は消えた。

大人たちは再び、日々の暮らしに手一杯になった。

この秋、徳川の二代将軍秀忠《ひでただ》公が、跡取りの家光《いえみつ》公を連れて御上洛になる。京都の帝《みかど》の御前で、将軍宣下《せんげ》を受けられるのだ。

秀忠公も家光公も、大坂にもおはこびになり、町を巡見されるという。その際に、大坂城天守閣再建のお触れを出されるだろうことは、みな承知している。

城の櫓《やぐら》や城壁は、去年までの普請《ふしん》ですでに整えられている。残るは天守閣である。再び、西国大名を総動員しての大規模な普請が始まるのだ。将軍家じきじきの命《めい》による普請ゆえに、天下普請とひとはいう。

大坂の町には、再び、はかりしれぬほどの人と物が集まってくる。村の者も、総出で湊にかり出され、川舟を漕ぐことになるだろう。

豊臣方につけば村は寂れる——そんなことを誰が言ったのだったか。

戦の折り、村は二つに分かれたままで、それぞれが望むほうの味方をした。豊臣を慕い、城からの落人を匿《かくま》った者もいれば、それを徳川に密告して褒美を得た者もいた。

どちらの味方をした者も、今も、同じように村で暮らし、同じように川舟を操っている。

結局、武家の戦の勝敗など、村には直接、関係がなかったのだ。天下人が変わろうと、村は変わらない。人々は日々の暮らしを続けるだけだ。

町も同様だ。

徳川のものとなった大坂の町は、戦乱でいったんは荒れ果てたが、すぐに人が戻ってきた。今では豊臣の頃以上に大勢の商人《あきんど》が集まり、町はとどまることを知らずに拡がり続けている。

いずれ、佐助の村の近くまで、商人が住むようになるかもしれない。そうなれば、村はきっともっと豊かになろう。

もっと多くの舟が通行できるように、川筋を整えようとの話も出始めている。

ただし、そのためには金が要る。誰か、力添えをしてくれる商人が必要だ。

御上《おかみ》に頼ることはできない。徳川家は自分では金を出さない。自らの財は減らさず、町人の蓄えた富を使って開拓をさせる。今の大坂の町は、そうやって町人が整え、造り上げてきたものだ。道頓堀《どうとんぼり》に薩摩堀《さつまぼり》、船場《せんば》を南北に貫く西横堀川《にしよこぼり》。みな、幕府より許しを得た有力町人が、私財を投じて整備したのだ。ゆえに、大坂は町人の都《みやこ》――ひとは、そう呼ぶ。

九条村《くじょう》の川筋整備にも、金を出してくれる町人がいれば。

村の者たちは、そう願っていた。

むろん、誰でもいいわけではない。普請の際には村の者を雇って惜しげなく金を払い、川筋が整ったあとも村人を舟乗りとして使ってくれる。そんな商人でなければだめだ。

少し前のことだが、長老の紹介で一人の商人が村を訪れ、川筋を検分し、村人たちともあれこれ話し合いをして帰ったことがある。

なんという名の商人だったか佐助は忘れてしまったが、大坂市中に出てきたばかりの新興の店の当主で、「江戸大回し」という、上方と江戸を繋ぐ海運業に力を入れ始めた店だとの話だった。見た目も、日に焼けた逞《たくま》しい体つきで、船乗りの親方と見間違えそうな男だった。

その店の本業は酒造りか何かだが、これからは廻船《かいせん》を商いの柱にしたいと考えていたらしい。そのためには湊へ続く川筋の整備が必要だと考えたようだが、二、三度顔を見せたあと、なぜか急に姿を現さなくなった。

思うほどに儲けになりそうもないと考えて手を引いたという者もいたし、長老と喧嘩をしたからだという者もいた。長老が出した条件が難しすぎたため、商人が尻込みしたとの噂もあった。

このまま川筋整備の話などなくなればいいと、一部の村人は喜んでいた。「川筋が整備されれば、誰でも簡単に川舟を操れるようになり、村の男衆は仕事を失うのでは」と懸念する者たちだ。

中心となっているのは、長老のやることにはなんでも反対したがる村長一派だった。八年前のことをまだ根に持っている、心の狭い連中だ。

長老派の村人は、もちろん、そんな懸念は見当違いだと考えている。

大坂は、大昔から、浪の速さゆえに「浪速《なにわ》」とも呼ばれた町である。砂州を整え葭の原を切り開いたからといって、そう簡単に穏やかな川には変わるまい。

村の大人たちのいがみあいは、そのほとんどが無意味なものだ。

「阿呆らし」

佐助は、一人で葭の原を駆けながらつぶやいた。

佐助の家は豊臣びいきで、文太の家は徳川だが、そんなことはどうだっていい。文太は大人の言うことをきいて、おれを裏切ったのだ。裏切るというのは、何よりも悪いことなのだ。だから、もう文太なんぞ、友達とは思わない。

「死んでまえ」

佐助は腹立ち紛れに叫んだ。口に出してみると、少々どぎつい言葉だった気がしたが、誰も聞いていないのだから構わないだろう。

ようやく、屋敷の門が見えた。

あの綺麗なひとの姿を思い浮かべながら、佐助は弾む足取りで、瓦の落ちた崩れかけの門をくぐった。

そこで、息を呑んだ。

門のなかには、大勢の男たちがいたのだ。あの綺麗なひとや、一緒にいた婆さんの姿はない。

村の大人たちだ。文太の親父さんもいた。手には鎌や鍬《すき》を持ち、険しい顔をしている。

「おったか？」

「いや、おらん。逃げたようや」

屋敷の内と外で、声が飛び交っている。

屋敷の玄関から出てきたのは、村長だった。

「しかし、ここに一味もろとも棲みついてたっちゅうのは本当らしい。まだ近くにおるかもしれん。捜し出すのや。ええな」

おう、とまわりの者たちが声をあげた。手に得物を持ったままで、屋敷の門から走りだしていく。

佐助は呆然と大人たちを見送った。

「おう、佐助か」

村長が、佐助に目をとめて言った。にやりと、嫌な笑いが口元に浮かんでいる。佐助はどうも、この男が好きになれない。

「お前、良い知らせを届けてくれたな。ここに棲みついてたのは、間違いなく、今、御公儀が必死になって捜してる尼さんや。二月前に鎌倉《かまくら》の寺から逃げ出した、豊臣の血を引く女子《おなご》や。儂ら村人の手で捕まえて、大坂城の御城代様のところに連れて行くのや。きっとお褒めの言葉がいただける。でかしたなあ、佐助。お前の家の連中は長老の言いなりの阿呆やが、お前さんは見所がある」

佐助は応えられなかった。

どうしてこんなことになったのか——理由は一つしかない。文太が喋ったのだ。ここに美しいひとが隠れて棲んでいると、親に喋ったのだ。

文太の親は村長一派で、徳川の味方なのだ。だから、役人の目を逃れて隠れ棲む者には情けをかけないのだ。

「ここに隠れてたっちゅうことは、村のなかに手引きをした豊臣びいきの者がおるということ。もちろん、そいつらも同罪や。誰かは見当がついとるけどな。豊臣びいきの年寄連中を根こそぎ村から追い出したら、村はようやく儂の元に一つにおさまる。ほんまにお手柄やったな、佐助」

にんまりとした笑顔のままで、村長は自ら鍬を手にして、屋敷の門を出て行く。佐助は村長の言葉など、途中までしか耳に入らなかった。あの美しいひとが役人に捕まってしまう――それだけで頭がいっぱいになった。

佐助は無人になった屋敷のなかに飛び込んだ。もしかして、あのひとはどこかに隠れているかもしれない。人目につかぬところに、身を潜めているかもしれない。

だが、屋敷のなかはすでに、荒らされていた。戸棚の奥も押し入れも踏み込まれていた。やぶれかけの畳さえもはがされ、床下まで確かめた跡がある。天井裏もだ。ひとどころか、猫の子一匹、隠れられるはずがない。

あのひとは、もういない。

佐助は立ち尽くした。

（おれのせいや）

約束を破って文太に喋ったからだ。だから、あのひとは追われることになった。ひっそりと暮らしていたのに。隠れていたのに。激しい後悔が、佐助の胸を突いた。

（おれが……阿呆やったからや）

黙っていろと言われたのに、できなかった。裏切りは何より悪いことだと、さっき佐助は胸の内で文太を責めた。だが、自分自身も、あの綺麗なひとを裏切ったのだ。約束を、守れなかったのだ。死んでしまえとは、自分自身にこそ言わねばならぬ言葉だった。

(堪忍してくれ……)

謝罪を口にしても、もうあのひとには届かない。涙が滲《にじ》みそうになり、佐助は慌てて、拳でぐいとぬぐった。

泣いても仕方がない。村長を追って、あのひとを捜しに行くのだ。誰よりも先におれが見つける。そして、どこか別のところに匿ってあげるのだ。役人になぞ、決して渡さない。たとえ、あのひとが本当に豊臣の血を引く女子だったとしても、だ。

「徳川なんぞに尻尾はふらんのや」

佐助は己を奮い立たせるように喚《わめ》いた。これは祖父ちゃんの口癖だった。その祖父ちゃんはいつだったか、佐助に内緒話をしてくれた。

「ええか、佐助。これは誰にも言うたことのない話やけどもな。祖父ちゃんは、あの戦の日に、城から逃げてきた豊臣家の姫さんを助けたのや。長老に言われて内緒で舟を出してな。徳川勢に追われながら、命がけで沖に待つ船まで届けたのや。まだ幼い、可愛らしい姫さんやった。凛々《りり》しい若武者がそばにおってな。まるで雛人形の一対のようやった。ええか。これはな。誰にも内緒やで。祖父ちゃんが、佐助にだけ話すのや……」

祖父ちゃんの話が本当だったのかも判らない。それでも、一つだけ、間違いのないことがある。佐助は祖父ちゃんが大好きだったということだ。長老の命《めい》を受け、命がけで幼い姫を守った祖父ちゃんを、誇りに思っていたということだ。

（祖父ちゃんなら、同じことをしたはずや）

佐助は大勢に踏み荒らされた部屋を飛び出し、そのまま駆けていこうとした。

地面に落ちている何かに気づいたのは、そのときだった。きらりと光るものが見えたのだ。

佐助は足を止め、かがみ込んで、草むらのなかからそれを拾い上げた。

「数珠……やろか」

飾り石を紐でつないで輪っかにしたものだ。数珠にしては長い。子供の佐助が首からかけると、臍《へそ》の辺りまで届く。石の先には、変わった飾りがついている。なんだろう、と手にとった瞬間、佐助はぎょっとした。十文字に交わった形の銀の飾り。

（もしかして、これ……吉利支丹の……）

わっと叫んで、佐助はその数珠を首からはずし、投げ捨てた。

吉利支丹は南蛮《なんばん》の妖術遣いだ。そんなものを身に付けたら神仏の罰が当たる。とんでもないことだ。

同時に、ぞくりと佐助の背筋が寒くなった。そういえば、この屋敷には以前から、役人に追われて死んだ吉利支丹の幽霊が出ると言われていた。

（あの綺麗なひと、お坊さんや無うて、吉利支丹のお化けやったのやろか……）

十字架が、あのひとのものかどうかは判らない。

だが、あのひとの持ち物に違いあるまいと、なぜか佐助には思われた。寺から逃げ出したと言ったのも、吉利支丹だからなのだ。何より、あの美しさは、やはりひとではなかったからだ。あれは妖術遣いの幽霊だったのだ……。

佐助の顔から、たちまち血の気が引いた。

声にならぬ叫びとともに、佐助は走り出した。

村長たちが向かった湊のほうではなく、村に戻る道を一目散に駆けた。吉利支丹になど、関わる気はなかった。どれだけ美しいひとであってもだ。吉利支丹だけはだめだ。それはとてつもなく恐ろしいものなのだ。この国の人間を喰らおうと企んでいる、南蛮の鬼なのだ。

佐助は後ろを振り向くことなく、ひたすら、村へ戻る道を駆け続けた……。

二

その朝、いつも通りに、十六夜屋《いざよいや》の女将《おかみ》お勝《かつ》は、中庭に建つ離れに顔を見せた。離れに暮らす美しい少女に、朝餉《あさげ》を運んできたのである。

「おはようございます、茜《あかね》様。今日も朝から暑うなりそうで」

ほがらかな笑顔で挨拶をするお勝は、もとは摂津《せっつ》源氏《げんじ》渡辺《わたなべ》党の血を引く武家の出で、かつて大坂城の奥向きに仕えていたこともある女だ。大坂城落城後は亭主と二人、刀を捨て名も変えて町人となり、旅籠《はたご》の切り盛りをしている。陽気で面倒見のいい中年女である。

「おはよう。そうね、良い天気ね」

ぎこちない笑みを浮かべながら、少女——茜は応えた。

このところ、茜の顔からは陰りが消えたことがない。

茜自身も、そのせいで周りの者に心配をかけているのは判っているのだが、それでも、朝からにこやかな笑みを浮かべる気持ちには、なかなかなれずにいる。

お勝も察していたが、あえて陽気に声をかけた。

「昨夜の夕立で、少しは涼しゅうなるかと思たんですけどねえ」

「ええ……」

濡れ縁の向こうに物憂げな目を向ける茜は、十六歳。意志の強そうな艶やかな瞳と白いなめらかな肌は、女のお勝ですら見惚れてしまう美しさである。日頃から若衆のような小《こ》袖袴《そでばかま》を身に付け、往来を歩くときには小太刀《こだち》まで佩《は》く、男勝りの一面を持つ娘であるが、もとは城の奥で腰元に囲まれて育った姫君であった。

城を失ったあと、茜は長い間、家臣とともに旅暮らしをしていたが、今年の春、八年ぶりに生まれ故郷の大坂に戻ってきた。落城の折りに生き別れた弟、国松丸《くにまつまる》を捜してのことである。

素性を隠さねばならぬ茜を匿う役目を引き受けたのが、お勝と、亭主の六兵衛《ろくべえ》だった。大坂の町を南北に流れる東横堀《ひがしよこぼり》川沿いに、旅籠十六夜屋はある。その十六夜屋の離れが、茜と家臣の住処《すみか》になった。野宿の続く日々に慣れていた茜は、少し前までは、十六夜屋での落ち着いた暮らしを嬉しく、ありがたく思っていた。

しかし、今、茜の胸には不安と焦りが募り始めている。

どこに行くこともできず、狭い旅籠にじっとしているだけの日々。いったいいつまでここにいればいいのか。

開いたままの障子の向こうには、庭を挟んで向かい合う形で母屋が建っている。昨晩もほとんどの部屋が客で埋まっていたはずだが、十六夜屋を定宿に使っているのは主に行商人たちで、まだ暗いうちから出かける者が多い。今はあまり人の気配がない。

大勢の客が出入りする十六夜屋にあって、茜だけが、離れに閉じこもったままでいる。己の身の処し方すら判らずにいる。このままでいいはずがない。

「大助殿は、まだお戻りにならんのでしょうか……」

てきぱきと膳を整えながら、お勝はためらいがちに言った。

茜は応えなかった。応えられなかった。

大助は茜の家臣で、八年の逃亡生活の間、茜の命を守り続けてきた青年である。正式な名は、真田大助幸綱。大坂夏の陣の折り、最後まで茜の父に仕えて戦った名高き知将真田幸村の嫡男で、自らも十五歳の若さながら戦場に出て奮戦し、大いに名をあげた男だ。

その後、落城間際の大坂城から豊臣秀頼の娘である茜を救い出し、闇に隠れて大川を舟で下り、徳川の目を逃れて大坂を脱出した。

茜が徳川の執拗な残党狩りから逃れられたのは、ひとえに大助がいたからだ。父幸村の血を引く智略を持ち、真田忍びの技まで使いこなす若武者に、茜は己のすべてを託して生きてきた。

その大助が、半月前に茜の元から姿を消した。茜には、十六夜屋から外に出るなと厳しく言い置いて、自分の行き先も告げずに、消えたのだ。

「まあ大助殿のことやさかい、心配はいりませんのやろけど」

「ええ……」

大助は強い。茜はこれまでに、大助よりも腕の立つ者を見たことがない。互角にやりあえる者さえ、いなかった。――例外は、半月前に出会った、鴻池屋《こうのいけや》の用心棒と名乗る男だが、それでも大助よりも強いとは、茜は思っていない。

大助が帰ってこないとしても、心配は不要だ。茜はそう思っているし、お勝も同じ考えのようだ。

だが、それはつまり、大助が消えたままなのは、大助自身の意志である、ということにもなる。

茜が不安でたまらないのは、だからこそ、なのだ。大助はいったい、どこへ消えてしまったのだろう。

「本当は、大助殿がお帰りになってから――とも思たんですけど」

膳を並べる手を止め、お勝が迷いながら切り出した。「実は、茜様。二日ほど前、九条村のほうで騒ぎがありましたそうで」

「九条村？」

聞き慣れぬ名である。大坂市中の地名はだいぶ判るようになった茜だが、村のほうまではまだ知らない。

「湊に向かう途中の村です。川舟の通り道です」

お勝はそう言ったあと、小声で付け足した。「八年前、大坂城から茜様をお連れした舟も、通ったはずで」

そう言われても、そのときのことなど茜はほとんど覚えていない。血に染まった川を夜《や》陰《いん》に乗じて下る舟のなかで、茜はただ怯えて大助にしがみついていた。城から逃げた折りの記憶は、ただそれだけだ。

「その九条村で、天秀尼《てんしゅうに》殿らしき尼御前が見つかったそうです」

「なんですって」

茜は思わず聞き返した。

天秀尼とは、豊臣秀頼の娘那々《なな》姫が落飾し、鎌倉の名刹東慶寺《とうけいじ》で尼になったあとの名である。ただし、本物の姫ではない。本物の那々姫を守るために仕立てられた身代わりである。

本物の那々姫とは、むろんのこと茜自身だ。茜という名は、追っ手に悟られぬようにと大助がつけた仮の名なのだ。

茜の代わりに那々姫となった天秀尼は、一生を徳川の監視下で送ることになっていた。身代わりがばれぬよう、天秀尼自身も己を豊家の本物の姫と思い込まされ、そのまま本物になりきって、那々姫の産みの親――茜の実の母――である秀頼の側室初瀬《はつせ》の方《かた》とともに、東慶寺で静かに暮らしていくはずだった。

その天秀尼が、なぜか東慶寺を脱《ぬ》け、初瀬の方とともに大坂に逃げてきたのが一月前のこと。当然ながら、徳川家は役人に命じて行方を追った。天秀尼と初瀬の方を、そうと知らずに大坂行きの船に乗せた商人鴻池屋新六《しんろく》も、役人に謀反《むほん》の疑いをかけられた。

茜が天秀尼をめぐる騒ぎを知ったのは、ひょんなことから鴻池屋の娘お龍《りゅう》と関わってしまったからである。

鴻池屋に匿われていた初瀬の方は、役人に引き渡される前に自害したが、天秀尼はまだ見つかっていない。役人は躍起になって行方を捜していたはずだ。

「それで、天秀尼は徳川に捕らえられたの？」

「いえ。隠れ家を村の者たちに見つけられ、騒ぎになったそうですけど、そのときにはすでに、どこかに移られたあとだったそうで」

「そう……良かった」

茜の声には期せずして安堵の思いが滲んだ。己の身代わりであり、豊家ゆかりの娘である。徳川に捕まったと聞くのは嬉しいものではない。

「ええ、本当に」

お勝もうなずいたが、すぐに言い足した。

「茜様にとっては……どちらが良かったか判りませんけど……」

確かにその通りでもあった。天秀尼が役人に捕まり鎌倉に連れ戻されれば、幕府はもう、大坂で豊家の姫を捜すことはない。茜自身はかなり楽になるはずだ。

徳川家は天秀尼が偽物であることに気づいていない。茜の存在は、まだ敵には知られていない。そのはずである。

しかしながら、天秀尼と瓜二つの娘——すなわち茜が大坂にいることは、すでに鴻池屋のほか、幾人かには知られてしまっている。素性を怪しまれてもいよう。今、茜の身には、徳川の追っ手が迫りつつあるかもしれない。今、天秀尼が九条村で騒ぎを起こしていることは、さらによからぬ事態を引き起こすかもしれないのだ。

（そんなときに、大助はいない……）

茜の胸には、改めて不安が押し寄せた。

「徳川の役人は、その後も九条村の辺りを探し回ってるそうです。何か新たに判れば、またお知らせにきます」

お勝はそう言い、膳を整え終えると、茜が箸《はし》をとるのは待たずに、一礼して離れを出て行った。

お勝には旅籠の女将としての仕事があり、茜の相手ばかりしてはいられない。女中は二人いるが、みないつも忙しそうだ。

かつては茜も、台所仕事の手伝いなどもしていたのだが、この頃は、あまりそんな気になれずにいた。母屋には、十六夜屋の奉公人や客がいる。それが怖いのだ。大助がいなくなってしまってから、茜はひとに会うのが怖くなった。

食事もあまり、すすまない。胸が詰まって、喉を通らない。食べられるときには食べておかなければと、長年の旅暮らしで身にしみているはずなのだが、どうしてもだめなのだ。

大助が消えた――それだけで、茜は自分を見失ってしまいそうだった。自分がどれほど、七つ年上の家臣に頼って生きてきたのか、今さらながら思い知らされていた。

自分は大助の主だと言いながら、何もかもを彼に任せ、ゆだねきって生きてきた。

だから、今、一人で何をすべきなのかも判らないのだ。

三

一人きりで茜が朝餉を半分ほど食べ終えた頃、もう一度、お勝が離れに姿を見せた。膳を下げるためである。あまり減っていない椀を見て顔を曇らせた。

そのまま、しばし黙っていたお勝だったが、

「実は茜様。さっきは言おうかどうか迷てたんですけど……」

濡れ縁の向こうに広がる庭に人影がないのを確かめたあと、声をひそめて切り出した。

「うちはもともと大坂城の奥向きで右府《うふ》様にお仕えしていた身。その頃の知りあいで今も大坂で暮らす者とは、こっそりと行き来もしてます。その筋から聞いた話なんですが……」

お勝はそこでいったん言葉を切り、さらに小声になって付け足した。

「九条村には以前から、吉利支丹が隠れ住んでるていう話がありました。それが豊家ゆかりの者やとの話も……。もしかしたら、天秀尼殿は、その吉利支丹に匿われてたのと違うかと思うんです」

「吉利支丹……」

茜は眉《まゆ》をひそめた。

その表情を見て、お勝がさぐるように訊ねた。

「茜様は、吉利支丹はお嫌いで?」

「嫌いというわけではないけれど……」

茜は言葉を濁した。

南蛮の神を信仰する吉利支丹は、異国の手先としてこの国に害をもたらすと言われ、公儀から厳しく取り締まりを受けている。太閤秀吉の時代から、すでにそうだった。茜も、なんだか怪しげな者たちだとの思いは抱いている。

しかしながら、茜の父秀頼は、徳川家の戦を前に吉利支丹への態度を変えた。徳川に弾圧される吉利支丹衆を味方につけようとしたからだともいわれているし、異国と通じることで再び天下を狙おうとしたからとも聞いている。

大坂の陣の折りに、秀頼の元に馳せ参じた武将のなかにも吉利支丹はいた。備前《びぜん》の武将明石掃部全登《あかしかもんてるずみ》である。元は秀吉の五大老の一人でもある宇喜多秀家《うきたひでいえ》の家臣だったが、関ヶ原《せきがはら》の戦に敗れて主家を失ったあと、流浪の身となった。

大坂で秀頼が戦の準備を始めたときに、真っ先に一族郎党を連れて駆けつけたのが、この明石掃部だったという。ゆえに秀頼は大いに信頼し、その後、紀州九度山《きしゅうくどやま》で蟄居《ちっきょ》していた真田幸村の元に秀頼の使者となって出向いたのも、明石掃部であった。

幼い姫であった茜には、直接の面識はない。しかし、最後まで大坂方の武将として戦った、勇猛果敢な武人だったと聞いている。

大助も、懐かしそうに話をしてくれたことがある。戦の直前の大坂城は、秀頼の側近である大野《おおの》治長《はるなが》ら一派と、浪人の身で参戦した真田幸村らの間に溝が生まれ、確執もあった。明石掃部全登は、そんななかで、真田幸村とは、朋友として固い信頼の絆で結ばれていた間柄だったそうだ。

また、茜が祖母のように慕っていた秀吉の側室で、今も密かに、逃亡中の茜を気にかけてくれている松《まつ》の丸《まる》の方《かた》こと京極竜子《きょうごくたつこ》も、吉利支丹との噂があった。竜子の母京極マリアが熱心な吉利支丹信者であり、竜子の兄弟である京極高次《たかつぐ》、高知《たかとも》も、ともに大坂の陣では徳川方についた武将であるが、吉利支丹であったと言われている。

「異国の神を信じる気持ちは私には判らないけれど、吉利支丹がすべて異国の手先というわけでもないでしょう。それに、今は同じ、徳川に追われる者どうしだわ。天秀尼を匿おうという吉利支丹衆がいてもおかしくないわ」

茜の言葉に、お勝はなぜか安堵したようだった。

「うちも、そう思います。天秀尼殿は尼さんですけど、もともとは無理矢理に尼寺に入れられたようなもので、吉利支丹に匿われてもおかしくはないはず、と」

「ええ……」

天秀尼が大坂に出てきたのは、国松丸から密かに文が届いたからだとも茜は聞いている。茜自身も、同じ頃に国松丸が大坂にいるらしいとの知らせを受けとっているのだが、それを届けたのは、他ならぬ京極竜子である。

(この騒ぎの裏に吉利支丹の影があるのも、驚くことではない……)

茜は思案を巡らせた。

国松丸との再会は、茜の切なる願いであった。

離ればなれになった弟と巡り会い、寄り添って生きていきたい。茜はそう願い、国松丸を捜すため、大助とともに大坂に帰って来たのだ。

大助にとっても、主家の嫡男を捜し出すことは、何より果たさねばならぬ使命であった。大坂城から脱出した折りに国松丸とはぐれてしまったことを、大助はずっと悔いてきた。それを茜は知っている。

天秀尼に会えば、国松丸の居場所も判るかもしれない。

いや、それ以前に、天秀尼が身を寄せた吉利支丹たちのなかに、国松丸がいる可能性もあるように茜は思う。九条村が湊に向かう川筋の村だとしたら、城を脱出する途中ではぐれた国松丸が、その辺りに隠れていてもおかしくはない。

国松丸は、天秀尼を本物の姉姫と信じているようだ。だからこそ、東慶寺に文を送った。文を受けとった天秀尼も、己を本物と信じている。

だが、本物の姫は茜なのだ。

もしも、九条村の近くに天秀尼や国松丸がいるのなら、茜自身もそこに出向き、本物は自分だと告げなければならない。

「茜様。それで、その吉利支丹の話なんですが……」

お勝の声が、さらに低くなった。気配を窺うように辺りを見回す目が鋭くなったかと思うと、

「どうも、かつて大坂城におった方やそうでして」

小声で付け足したお勝の言葉には、茜はさほど驚かなかった。むしろ、予想できたことだ。

茜が黙っていると、お勝はさらに続けた。

「うちにその話を教えてくれたのは、うちが大坂城の奥向きに仕えてたときに、下足番として一緒に奉公してた者です。信頼のできる相手です。もちろん、茜様がここにお出でやということは、まだ話してませんけど……その者なら、茜様を吉利支丹たちのところにお

連れすることもできると思います。そうすれば、天秀尼殿とも会えるかも……」

茜はお勝の顔をじっと見据えた。

朝いちばんに天秀尼の話を告げにきたときは、お勝は吉利支丹の話まではしなかった。今も、茜の反応をさぐりながら話をしている。信頼できる相手だとは言いながら、お勝のなかにも迷いがあるからに違いない。

お勝の話を信じていいのだろうか。むろん、お勝は信頼するに足る女だが、その知りあいまでもが同じだとは限らない。

「大坂城にいた吉利支丹というのは、誰なの？」

「いえ、はっきりとそこまでは……」

お勝は曖昧《あいまい》に言葉を濁そうとしたが、

「もしや、明石掃部全登ではないの」

ずばりと、茜は訊ねた。「だとしたら、天秀尼を匿っていたとの話もありうることだわ。もしかしたら、国松丸のことも何か知っているかも」

明石掃部全登は戦場においても、真田幸村と並び称されるほどに華々しい手柄を立てた。しかし、真田幸村の討ち死にの様が世間に広く知られている一方で、明石掃部の亡骸《なきがら》を目にした者はいない。いつのまにか戦場から姿を消したと言われているのだ。

吉利支丹ゆえ、自害はありえない。ならばどこに消えたのか。

徳川が行った残党狩りにおいても、明石掃部については特に厳しい探索が行われた。しかし、行方はまったく判らなかった。

徳川にとって見逃せぬ敵――それはつまり、豊臣にとっては頼もしい味方、ということになる。

「へえ、はっきりとは判りませんが、明石殿やと言う者もいるようで……」

お勝の言葉は慎重だった。その名の重みを、お勝も充分に知っているからであろう。

「もしも、本当に明石掃部だとしたら……会ってみたいわ」

茜はつぶやいた。

だが、

「ほなら、手筈を整えましょか?」

お勝の言葉には、すぐにうなずくことができなかった。

大助に相談もしないで動いていいものか、不安だったのだ。大助ならば、明石掃部とは同じ戦場で戦った同志である。今ここで、その名に頼ることが正しいかどうか、判るはずだ。

だが、大助は、いない。

「難しい話やさかい、大助殿が戻ってこられてからのほうがええとは思いますのやけど……」

お勝も茜の迷いがそこにあると見抜いたようだ。

「けど、九条村には町方役人も大勢向かってるそうで、あまり時間があらへんかとも思いますのや」

それは、茜も案じるところである。役人に捕らえられてしまうこともありえようし、追っ手を警戒して行方をくらませてしまったら、会う機会はなくなる。会えるのは、今しかないかもしれないのだ。

「もしも、茜様が行かれるなら、うちの亭主がお供すると言うてます。ああ見えて、昔は刀を持って戦場に出てましたのや。何かあったら、命にかえてでも、茜様のことをお守りする覚悟です」

「ありがとう」

礼は言ったが、しかし、茜にはやはり、即座に決断することはできなかった。少し時間をくれるようにとお勝に告げた。

「どうすべきか、考えてみたいの。大助も……戻ってくるかもしれないし」

「ええ。判りました。いざ会おうとなっても、すぐに手筈を整えられるわけでもありませんやろし。心がお決まりになったら、いつでも言うてください」

お勝はうなずいて、母屋に戻っていく。

一人になった茜は、そっと懐に手をあてた。身に付けているのは、いつもと同じ男物の小袖と袴である。豊家の姫にはふさわしくない、質素な麻の着物だ。

その懐に、あるものを茜は隠していた。天鵞絨《ビロード》の古い守り袋である。小さいものだが、ずしりと重い。

母である初瀬の方が、自害する直前に茜に渡したものだった。誰にも見せるな――大助にも決して見せるなと、初瀬の方は言った。

なかには古い観音像が入っていた。凝った銅細工だが、これといって変わったところはない。文字の類が書かれているわけでもなかった。

（もしも明石掃部かもしれない吉利支丹と会ったとして……）

茜にとっていちばん不安なのは、相手は茜を本物の那々姫と認めるだろうか、という点だ。相手が先に天秀尼と会っているとすれば、茜を見ても、偽物としか思わぬかもしれない。

大助がいれば話は別であろうが、茜ひとりでは、身の証《あかし》を立てる術《すべ》がない。

（この守り袋が、私の身を証すものにはなるのかどうか……）

——お前の幸せを祈っています。

初瀬の方は、死ぬ間際にそう言って茜に守り袋を手渡した。その眼差しには、母としての愛情がこめられていたと、茜は思う。

しかしながら、初瀬の方は、言葉では茜に対し、「お前は身代わりの偽物」と言った。天秀尼こそが本物の姫であり、茜は顔が似ているだけの偽物だと、信じがたい言葉を突きつけたのだ。

茜はそれを信じてはいない。

言葉では偽物だと言いながら、初瀬の方は形見の品を茜に渡した。偽物だと告げたほうが茜のためになる——そう信じての、母の最後の愛情だったのではないかと、茜は思う。いや、思いたい。

「茜様」

いきなり名を呼ばれ、茜はどきりとして振り返った。

濡れ縁の向こうに立っていたのは、一人の若者だった。

長身の影に、茜は一瞬、大助が戻ってきたのかと思った。だが、すぐに間違いに気づく。

「才蔵《さいぞう》——」

真田家に代々仕えてきた忍びの血を引く若者である。黒地の小袖を着て腰に二刀を差した姿は忍び者には見えない。武士の従者といったところだ。だが、腕は確かで、仲間とともに茜の長きにわたる逃亡生活を支えてくれた。歳は茜より一つ下の十五歳。

茜が身内も同然に信頼を置いている相手だが、茜の家臣ではない。

忍びには、主人は一人しかいない。才蔵が主人と呼ぶ相手は、真田幸村の嫡子大助、ただ一人。他の者の命には決して従わない。天下人の血を引く茜の言葉すらきかない。

才蔵が茜のそばにいるのは、あくまでも、茜を守れと大助が命じたからだ。

「お勝の話、聞いていたのね、お前も」

茜は懐にあてた手を、さりげなくはずし、ごまかした。守り袋のことは、初瀬の方の言葉通りに、誰にも告げていない。迷いはあったが、結局、大助にも才蔵にも、まだ教えてはいなかった。

才蔵は足音を立てずに濡れ縁にあがり、障子の前に膝をついた。

「聞きました。……しかし、茜様。くれぐれも、軽々しい行動はなさいませんよう」

才蔵は、お勝の話には慎重になるべきだと考えているようだった。

「でも……放っておいたら、天秀尼も、明石かもしれない吉利支丹も、どこかに消えてしまうわ。そうなっては取り返しがつかない」

「だとしても、今は大助様がおられません。茜様お一人で動かれるのには賛成しかねます」

「でも、待っていても、大助は戻ってこないじゃないの」

思わず声を荒げてしまい、茜ははっとなって口をつぐんだ。離れのまわりには十六夜屋の客は滅多に近づかないが、それでも警戒を忘れてはだめだ。いつ誰が聞いているか判らない。

日頃から気をつけているはずなのに、感情があふれてつい気が緩んでしまう。相手が才蔵だからであった。才蔵は、大助に付き従う数名の忍び者たちのなかで、ただ一人、茜よりも年下である。国松丸と同い年ということもあって、幼い頃から弟のように思ってきた。むろん、天下人の姫と忍びの少年とでは、身分は大きく隔たっている。それでも、茜には心安く話せる存在なのだ。

「しかし、茜様。信頼するには、あまりにも曖昧な話かと……」

「判っているわ。でも、迷っているうちに、大事な味方と会う機会をなくすかもしれないのよ。もしも本当に明石だとしたら、きっと私たちの力になってくれるわ。大助だって、その手を拒むはずがない」

「しかし……大助様は茜様に、十六夜屋から出るなと仰ったはず」

「大助は私の家臣だわ。主人の私が、どうしてその言葉に従わなければならないの？」

茜は激しい口調で才蔵の言葉を遮った。

才蔵が驚いたように口をつぐみ、茜は我に返って自分を恥じた。また感情的になっている。

「ごめんなさい。……大助から、何か知らせは？」

「いえ。何も」

茜の問いに、才蔵はすまなそうに首を振った。毎日、朝夕に繰り返されるやりとりだ。

才蔵はいつも、顔を背けて応える。茜はその仕草を見て、いつも思う。大助は、才蔵のところには姿を見せていて、それを茜には言わぬように口止めしているのではないか——才蔵は本当のことを応えているわけではないのかもしれない……。

才蔵が、茜の表情を読んだように言った。

「茜様、必ず、大助様は茜様の元にお帰りになりますから」

「大助が、そう言ったの？」

「……いえ。あの日以来、おれも大助様にはお会いしていませんから……」

言いにくそうに、才蔵は首を振る。

（あの日以来——）

茜はその言葉を、胸の内で繰り返した。

その日――茜が大助と最後に会った日は、初瀬の方が死んだ日でもある。

死ぬ前に初瀬の方は、茜を我が娘ではないと言った。それだけではない。大助のことを裏切り者と呼んだ。豊家を裏切り、茜を攫《さら》った卑怯者である、と。

大助が茜を攫った理由は、豊臣家の遺した隠し金を手に入れるため――初瀬の方はそう思っているようだった。豊家には隠された財があり、本物の豊家の姫は、そのありかを知っている。ゆえに、大助は豊家を裏切り、国松丸を捨て茜だけを連れ去った、と。

しかし、茜は本物の姫ではなく、隠し金のことも知らぬゆえ、隠し金は裏切り者の手には落ちない――初瀬の方はそう言った。

確かに、茜は隠し金のことなど何も知らない。豊家にはもう何もない、何もかもあの夏の戦で失った――そう信じていた。

もしも遺された財宝があれば、大坂城が落ちてから八年もの間、茜や大助があれほど苦労して逃げ回る必要などなかったはずだ。財があれば、たとえ敗者の姫であろうと匿おうという者はいただろうし、船を仕立てて異国へ逃げ延びることもできただろう。

初瀬の方は、茜にそれらを伝えることだけが目的であったように、すべてを語り終えると自ら命を絶った。

もしも、初瀬の方の言葉がすべて真実だとしたら？　天秀尼のほうが本物の姫であり、茜は本物と思いこまされただけの身代わりで――そして、大助は本当に裏切り者で、初瀬の方の言葉によって茜を偽物だと知ったゆえに捨てて消えた――そうなのだとしたら？

「茜様。大助様がお帰りになるまでは、十六夜屋から外に出られませんように。そして、どうか――大助様をお疑いにならないでください。大助様は、決して茜様の父君を裏切ったりはなさっていません」

うつむいて考え込んでいた茜は、才蔵の言葉に再び顔を上げた。

「そんなこと、どうして判るの。お前は私の知らないことを、何か知っているとでもいうの？」

再び、口調がきつくなる。

才蔵も、辛そうだ。

「……おれは何も」

初瀬の方が大助を責めた言葉を、才蔵も聞いていたはずだ。己の主に投げつけられた侮辱の言葉を、才蔵はどう聞いたのか。

才蔵が茜に黙って大助と会っているなどということはあるまいと、本当は茜にも判っていた。才蔵は素直で嘘のつけない少年だ。知らないというなら、知らないのだ。

本当は真田の忍びは才蔵の他にも数名いるが、このところ、姿を見ていない。もしかしたら大助と行動をともにしていて、茜の側にはもういないのかもしれない。

だとしたら、信じる相手に取り残されたという点では、才蔵も、茜と同じなのだ。同じ不安を抱えているはずなのだ。

(母上に、会わなければよかったの……？)

そうすれば、余計なことなど知らずにすみ、大助だけを信じ、頼って、生きていけたのだろうか。豊臣家の隠し金のことなども知らずに……。

そこまで考え、ふと、思い出した。

違う――豊臣家の隠し金のことは、母に知らされたのではない。いろんなことがあって混乱していたが、茜にその話をしたのは、別の男だ。

茜はその男の顔を思い浮かべた。

鴻池屋という新興商人の用心棒に雇われていた若者だ。名を、甲斐と言った。派手な朱《しゅ》鞘《ざや》の刀を差した男で、驚いたことに、大助と互角にやりあうほどの腕前を持っていた。棒手裏剣にも似た武器を使っていて、大助はそれを、唐《から》や朝鮮《ちょうせん》の忍び武器だと言った。どうも、ただの用心棒には思われぬ節もある。

甲斐ならば、茜の知りたいことを、もっと他にも、知っているのかもしれない。

だが、その甲斐と接触することは、茜には想定できぬことだった。甲斐は豊臣家に敵意を抱いていた。顔を合わせれば、身に危険が迫るに違いない。

甲斐から話を聞くことはできない。

だとしたら、やはり、明石掃部全登かもしれない吉利支丹と会うことは、茜には大きな意味を持つものとなる。本物の明石掃部全登だとしたら、隠し金のことも知っているかもしれないのだ。明石掃部は滅亡寸前の豊家を見捨てず、真田とともに最後まで尽くしてくれた忠臣であったはずだ。

茜は心を決め、才蔵に告げた。九条村に行く、吉利支丹に会う――、と。

才蔵はむろん、激しく首を振った。

「駄目です、茜様、それはあまりにも危険です」

「決めたのよ。お前がどうするかは私は知らない。でも私は行くわ。九条村の吉利支丹に会う。もしも大助がお前のところに戻ってきたら、私の言葉を伝えなさい。いいわね」

「――茜様が九条村に行くなら、おれはお供します」

しばしの沈黙のあと、才蔵は言った。茜に対して言いたいことを押し殺した顔ではあったが、

「何があっても茜様をお守りしろと、大助様に言われています。おれが守るべき命令は、大助様のものだけですから」

茜の言うことはきかないとの宣言であったが、茜には嬉しい言葉でもあった。大助がいなくとも、才蔵がついてきてくれれば心強い。茜が大助の次に信頼している相手は、才蔵なのだ。

茜はどう応えるべきなのか迷った末に、素直に言った。

「ありがとう」

主筋の姫からの率直な礼の言葉に、忍びの少年は一瞬戸惑ったようだが、もう何も言わず、黙礼だけ残して部屋から消えた。

四

同じ日のこと。

大坂内久宝寺町《うちきゆうほうじ》の造り酒屋鴻池屋は、いつも通りに帳場に番頭が座り、店先には客が出入りし、穏やかな午後を迎えていた。

そこに、ふいの来客があった。

無粋《ぶすい》な黒羽織を着た武士が三名、店先に現れたのだ。店の外には手先を十人ばかりも待たせているようで、往来はすでに野次馬までもが集まり始めている。

たまたま店の土間にいたお龍は、何事かと驚いて振り返った。

お龍は鴻池屋の当主新六の娘で、今年で十六になる。日に焼けた肌は大店《おおだな》の娘には似つかわしくないし、特に目を惹く小町娘というわけでもないのだが、まっすぐな気性が大きな目にそのまま表れ、何かしらひとを引きつけるところがある。

家のなかでおとなしくしているのが苦手で、湊まで船の様子を見に行ったり、新地まで見世物を見物に行ったりと気ままに暮らしているため、奉公人には跳ねっ返りのお転婆嬢《いと》さんと呆れられている娘だ。

六人の兄のあとにようやく生まれた娘であるため、父親の新六も甘やかし放題で、お龍は新六とともに鴻池屋の船に乗り、江戸まで旅をしたこともある。

店の商売にも関心を持っていて、今、土間に出ていたのも、今度の船で江戸に運ぶ南蛮渡来のビイドロ細工が届いたと聞いたからだった。

運ばれてきた木箱を手代たちが開け、中の細工物を一つずつ確かめる。その作業を、一緒にさせてもらおうと思ったのだ。

繊細なビイドロ細工は、見ているだけで心が弾む。今も、西洋の酒を飲むための杯を手にとり、鮮やかな紅色の輝きを眺めていたところだった。

これならば江戸でもさぞ良い値がつくだろうと、お龍はうっとりと見惚れていたのだが、思わぬ来客に、とてもそれどころではなくなってしまった。

「主人はおるか。奉行所の者が来たと伝えろ」

暖簾《のれん》を分けて店に入ってきた武士のうち、いちばん背の高い男が大声で言った。年の頃は三十路《みそじ》ほどで、やけにふんぞり返っている。

「へえ……」

帳場にいた手代頭の一蔵《いちぞう》が、慌てて立ち上がった。

黒羽織の武士が大坂町奉行所の同心《どうしん》であることは、一目で判る。

四年前に町に置かれたばかりの役所である。十手《じって》を手にした同心が東西の奉行所にそれぞれ五十人ずつ配置され、町の秩序を守り、政の補佐をする役目を担っている。

とはいえ、まだ大坂の町に馴染《なじ》んでいるとは言い難く、町の者にもあまり頼りにはされていない。役人なんぞに頼るよりも、町のことは町の者が自分でなんとかする。繰り返される戦乱を乗り越えてきた町人たちには、そんな自立の気風が濃い。大坂は町人の都——自負に満ちてそう口にする町の者たちのなかで、無粋な黒羽織姿の武士たちは、目立ってはいるが、「どれほど役に立つのやら」と冷ややかな視線を受けている。

その目立つ黒羽織が居丈高《いたけだか》な態度で店にやってきた。あまり良いことではなさそうだとお龍にもすぐに思った。いったい何事かと、不安が湧き起こる。土間の隅に立ち尽くしたまま、成り行きを見守った。

「あの、御役人様、どうぞ奥へ……」

気を利かせて番頭が愛想良く声をかけたが、役人はつっぱねた。

「罪人の店に長居する気はない。主人を早く呼んでこい」

「罪人……」

恐ろしい言葉に、帳場にいた者は青ざめた。お龍も息を呑む。

「それはいったい、どういう……」

番頭が狼狽して訊ねかけたとき、奥から当主の新六が姿を見せた。役人の姿を一瞥《いちべつ》したときには険しい顔をしていたが、新六はすぐに愛想の良い笑みを浮かべ、端近《はしぢか》まで歩み寄り、丁寧に手をついて頭を下げた。

「御役人様、これはこれは、わざわざのおはこび、いったいどのようなご用件で……」

新六は、年の頃は五十過ぎで、頭には白髪が目立つが、体つきは大柄で逞しい。肌は海の日差しで赤銅色に焼け、商人というよりは船乗りの親方にも見える男であった。元は武士であり、山中《やまなか》という姓も持つ身であるが、刀を捨てて商売一筋に賭けると決め、在方の鴻池村で酒造業を始め、瞬く間に成功をおさめた男である。

その後、酒の販路を大坂市中に広げ、まずは二人の息子に暖簾分けをして和泉《いずみ》町に店を出させた。さらに、五年前には自らも村を出て内久宝寺町に居を移し、今は、酒造りだけではなく、「江戸大回し」と呼ばれる海運業にも手を染めている。

「鴻池屋新六」

若い役人は、ことさらに大きな声で新六の名を呼ばわった。

「以前に庚申丸《こうしんまる》に乗せた女の件で、話がある。奉行所まで来い」

「庚申丸の件……」

新六は意表を突かれた顔になった。「と申されますと……あの尼御前が見つかりましたので？」

土間の隅で固唾《かたず》を呑んで成り行きを見ていたお龍も、思わず身を乗り出した。

庚申丸の件とは、鴻池屋新六の船庚申丸が、江戸で二人連れの女の客人を乗せ、大坂に運んだ一件のことだ。その二人が徳川幕府に仇《あだ》なす豊家ゆかりの者たちであったと後から判り、鴻池屋は幕府に叛意《はんい》ありと疑われ、大騒ぎになったのだ。お龍も渦中に巻き込まれ、女の仲間とおぼしき連中に命を狙われたり、女のうちの一人と瓜二つだという美少女茜と出会い、さらなる騒ぎに巻き込まれたりと、散々な思いをした。

紆余曲折《うよきょくせつ》の末、とりあえず、幕府の疑いの目は鴻池屋から逸《そ》れたが、しかしながら、すべての始末がついたわけではない。

「見つかってはおらぬ。だが、隠れていたと思われる場所は判った」

「それは、どこで？」

「ふん、貴様は知っていたのではないのか。隠れていた場所も、どこへ逃げたのかもな。近くの村には貴様が以前から出入りしていたとも聞いておる」

「滅相もない。なんで私が豊家の残党なんぞと……近くの村というのがどこの村のことか判りませんが、お疑いとは心外な。本当に私はあの女子らとは何の関係もありませんのや。ただ目の前の小金に目がくらんでやってしもたことでして……」

「商売のためであれば御公儀にもたてつくと申すか」

「いえ、とんでもありません。私らがこうして日々商売できるのもひとえに御公儀のおかげと思うております」

応える新六は、あくまで腰が低い。

「ともかく、奉行所までまいれ。女の居場所を話してもらう。責め問いにかけてでもな」

「お待ち下さい、私は何も知りません」

「口応えするな。店はすぐに戸を閉め、奉公人たちもいっさい外へ出てはならん」

役人は怒鳴った。

新六は沈黙したが、役人の言葉を承諾したわけではないと、お龍には判った。とうてい納得できない——そう思い、反論の言葉を探しているのだ。

お龍も、あまりに承諾できぬ話だと思い、つい役人をにらみつけた。町のために役に立っているかどうかも判らぬ新米の役人が偉そうに——どうしても、そんな思いが出てしまう。

と、役人は、お龍の視線に気づいたのか、ちらりと目を向けた。お龍はびくりとしたが、目を逸らすのもしゃくに障り、そのまま役人を見据える。

役人はお龍の顔を険しい目つきで一舐《ひとな》めしたあと、手に持ったままのビイドロの杯に視線を移した。

「それはなんだ。南蛮の品ではないのか」

「へえ、そうです」

お龍はうなずいた。鴻池屋は何も悪いことなどしていない。役人を恐れる必要などないはずだと、胸をはって応えた。

役人はふんと笑い、ゆっくりとお龍に歩み寄ってきた。

「このような品を扱っていること自体、鴻池屋の後ろ暗い商いを表しておるわ。これは、吉利支丹から買った品ではないのか」

「違います。これは長崎《ながさき》の、ちゃんとした問屋からの……」

「黙れ。口応えをするな。――よいか、鴻池屋。豊家の尼は、ある村で吉利支丹に匿われておったのだ。どうだ、お前の店の商いと、繋がっておるではないか」

勝ち誇ったような顔であった。

「吉利支丹……」

お龍は驚いてつぶやいた。豊家残党と、吉利支丹。徳川の疎《うと》む者どうしが手を結んだというのか。それが本当ならば、役人が騒ぐのも無理はない。

新六も顔を強張《こわば》らせて絶句したが、すぐに、滅相もないと首を振った。

「まったく覚えはございません。それに、南蛮商いと吉利支丹が繋がっておるとしたら、市中で薬種や生糸を扱っている大店はみな、吉利支丹ということになります」

「つべこべ言うな！」

言うなり、役人はお龍の手からビイドロの杯を取り上げた。

「何を……」

お龍は叫んで杯に手を伸ばしたが、遅かった。役人は杯を土間にたたきつけたのだ。ビイドロは粉みじんに割れて、お龍の足元に散らばった。

「ひどいことを……」

お龍だけでなく、帳場の者たちもみな、声をなくした。

ビイドロの杯は高価な品で、一つ割れれば酒樽一つぶん以上の損になる。

だが、損得以上に、商売の品を理不尽に壊されることが、お龍には許せなかった。長崎からここまで運んでくるだけでも、どれだけの人の手がかかったことか。鴻池屋の手代たちも、より良い品をより安くと、懸命の努力をして品物を集めているのだ。

だが、役人の狼藉《ろうぜき》はそれでは終わらなかった。お龍の傍らに置かれた木箱に目をつけ、

「これもみな、そうであろう」

箱を蹴り、そのなかに再び無造作に手を入れる。

「おやめください」

お龍は慌ててその腕にすがりついたが、役人はお龍を突き飛ばした。土間に倒れたお龍は、役人がビイドロの美しい花瓶を持ち上げるのを見た。それもたたき割る気だと察し、お龍はやめてと叫んだ。花瓶が砕け散るのを見るにしのびず、顔を背ける。

ところが、

「な、なんだ……貴様」

聞こえたのはビイドロの割れる音ではなく、役人の狼狽した声だった。

お龍が驚いて目を向けると、いつのまにか、役人の後ろに人影があった。

「その花瓶は御役人様の扶持米《ふちまい》よりもずっと高価な代物でな。そう簡単に割られても困るのや」

花瓶を持った役人の手首を、後ろの男は右手でひねりあげ、ゆっくりと花瓶を放させる。花瓶がそのまま床に落ちるかと思いきや、男が左手で受け止めた。そのまま、ふんと笑って、男はあっけにとられているお龍に向けて花瓶を投げる。お龍は慌てて、それを両手で受け止めた。

「貴様……放せ！」

見苦しく怒鳴り声をあげた役人は、ようやく手首を解放されると、顔を真っ赤にして後ろの男を確かめた。

お龍もそこで、改めて男の名を口にした。

「甲斐――」

鴻池屋の用心棒である。二月ほど前から鴻池屋で暮らしており、腕前は折り紙付きだ。素性は今ひとつ判らない謎の若者だが、用心棒としては役に立つ男で、お龍の危機を救ってくれたことも何度もある。

「何者だ、貴様」

役人は顔を真っ赤にして怒鳴った。

「この店の用心棒。商品を守るのもお役目のうちや」

「なんだと。用心棒ふぜいが、奉行所の役人を愚弄《ぐろう》するか」

甲斐はその怒声をあっさりと無視し、わざとらしい仕草で、ビイドロを納めた木箱のなかに目を落とした。ゆっくりとした動作は、役人を挑発しているようにも見える。

役人の顔にますます血が上ったが、甲斐が再びぎろりと目を向けると、ぐっと言葉に詰まったように息を呑む。

気圧《けお》されているのは、お龍にも判った。

甲斐は役人よりもずっと若く、まだ二十歳そこそこである。

髪を茶筅髷《ちゃせんまげ》に結い、派手な片輪車模様の小袖に黒革の羽織、腰には朱鞘の刀を差している。今風の傾《かぶ》いた身なりがしっくりと馴染む若者だ。精悍《せいかん》な顔立ちは男前といえる範疇《はんちゅう》だとお龍は思っているのだが、ぎらついた目つきと、黒々とした眉の間から頬にかけて走る古い傷跡が、この男を荒々しく見せている。

にらみ合うだけでは腕の確かさまでは判らぬはずだが、役人は完全に甲斐にのまれていた。

まさか、店先で斬り合いにでもなったら――とお龍が不安に思ったとき、

「御役人様」

一触即発の空気を破るように、あえて穏やかな声で、新六が割って入った。

「な、なんだ」

役人はほっとしたように帳場の新六に顔を向けた。

「奉行所へお供せえと言われるのでしたら、もちろんのこと、すぐにまいります。お調べいただけば、私の潔白もすぐに判っていただけますやろ。今から支度をしてまいりますよって、少しの間、お待ちいただけますか」

「少しだけだぞ。長くは待てぬぞ」

「へえ、では、すぐに……」

新六は丁寧に頭を下げてから、おもむろに立ち上がった。

「外で待っておる。早くしろ」

役人は怒鳴るように言い、足音を立てて土間から出て行った。お龍や甲斐には見向きもしない。

黙って見ていた残る二人の役人も、それに続いた。どこか焦ったような足取りである。甲斐に怯えているのだ。お龍はいい気味だとその背中に舌を出した。

それから、お龍は改めて甲斐に向き直り、

「おおきに。助かった」

ありがとう、と頭を下げた。

ふん、と甲斐は肩をすくめた。

「態度の悪い武士ほど鼻につくものはないんでな」

「うん。うちも、偉そうな武士は大っ嫌い」

ほんの数十年前まではお龍の家も武家であったのだが、それを棚に上げてお龍は顔をしかめ、粉々になった杯を見下ろしてため息をついた。

「綺麗なビイドロやったのに……」

お龍の言葉に、甲斐は呆れたように言った。

「そんな細工物にこだわってる場合か。父親が今から奉行所に引っ張られるっちゅうのに」

「あ――そうや」

そう言われて、お龍は我に返った。確かに、ビイドロなんぞに構っている場合ではない。

お龍は急いで新六のあとを追い、土間伝いに店の奥に駆け込んだ。

五

「なるほど。それで鴻池屋は、奉行所に連れて行かれてしもたまま、というわけか」

お龍が一通り話を終えると、目の前に座る白髪の老人は、ふうむとうなずいた。

「はい、寺嶋《てらしま》様」

お龍はかしこまって頭を下げた。先ほどからもう何度頭を下げたか判らない。父親のため、ひいては鴻池屋の一族みなのため、今お龍にできることはそれだけなのだ。

お龍はせっぱ詰まっていた。奉行所に連れて行かれたときには、新六はその日のうちには戻ってくると信じていた。

しかし、役人はそう甘くはなかった。

すでにあれから、三日が過ぎている。

「三日経っても奉行所からまだ戻ってこれんとは、かわいそうなことやなあ」

二十畳以上もあろうかという広い座敷には、お龍と老人の他に誰もいない。鴻池屋からお龍の供についてきた番頭や、お龍と一緒に老人と話をするはずだった隣町の分家の兄たちは、屋敷の門前で追い返されてしまった。白壁に囲まれ、武家屋敷にも見える門構えを持った屋敷のなかには、老人の意に染まぬ者は一歩も入れないのだ。

お龍一人でも入ることを許されただけ、幸運だと思わねばならないのかもしれない。

「牢のなかにおるのやろうが、今の時期、蒸し暑い牢では流行病《はやりやまい》なんぞも出やすいよってなあ。鴻池屋のような年寄には、少々しんどいかもしれんな」

「……」

新六を年寄呼ばわりする老人自身、とうに還暦も過ぎた正真正銘の年寄である。名は、寺嶋宗左衛門《そうざえもん》。瓦師の親方であった。

職人頭として配下に何百人もの瓦師を抱え、太閤秀吉の時代から大坂の町で商売をしてきた男である。さらにさかのぼって、織田信長《のぶなが》が大坂で、本願寺《ほんがんじ》の寺内町《じないまち》にたてこもる一《いっ》向宗《こうしゅう》門徒と戦をしていた頃のことまで知っているらしい。

今は、徳川家の御用瓦師として、大坂城再建のための瓦の手配を一手に請け負い、莫大な富を得ていた。瓦師というだけではなく、寺嶋宗左衛門には町人の元締めとして町をまとめる役目も、幕府から与えられている。

寺嶋と同様の務めを任された者は他に、徳川家の御用商人尼崎屋又右衛門《あまがさきやまたえもん》、大工頭山村《やまむら》与助《よすけ》がいる。寺嶋を加えた三名を、世間では「大坂三町人」と呼び習わした。

三町人は、普通の商人や職人より立場が上であるのはもちろんのこと、町会所の役人である町年寄衆よりも、強大な力を持つ存在である。町の者も、大坂に行商に来る者も、ともかく三町人の意向を気にかけている。三町人の機嫌を損ねては、大坂の町では何もできない。町人の都大坂において、まさにその頭に立つ町人といえる。

大坂の町には、今のところ、殿様がいない。大坂夏の陣で豊臣家が滅んだあと、徳川家《いえ》康《やす》の孫にあたる松平忠明《ただあき》が大坂の新たな領主となったが、四年前の元和《げんな》五年、大和郡山《やまとこおりやま》に転封《てんぷう》となり、その後、徳川幕府は大坂に領主を置かず、代わりに、城を預かる役目として大坂城代を置いた。任命されるのは譜代大名である。

ゆえに今、大坂でもっとも大きな権力を持っているのは、大坂城代内藤《ないとう》紀伊守《きいのかみ》であるのだが、その大坂城代に直接目通りし、町人の身分でありながら、町の政について意見することも許されているのが、大坂三町人であった。

今お龍の目の前にいる寺嶋宗左衛門は、小柄で貧相な体つきの老人であるが、向き合って言葉を交わすと、底知れぬ恐ろしさを感じる。一介の職人頭の身で、織田、豊臣、徳川と揺れ動く世を生き抜き、権力を得てきた男だけあって、ただ者ではないことを、会うたびにお龍は肌身に感じるのだ。

だからこそ、思い切ってお龍は寺嶋を訪ねた。

寺嶋と新六は、以前から交流がある。今、窮地にある新六を助けられるのは、寺嶋しかいないと思ったのだ。店の者たちも、分家の兄たちも、同じことを考えた。だから、ここに来た。

寺嶋はううむとうなって腕組みをした。

「しかし、まあ儂としてもなあ。鴻池屋を助けてやりたいとは思うけども、ことがことや。豊家の残党や吉利支丹となれば、徳川のお家にとっては、何よりも許し難い大罪人。鴻池屋がそういう連中と関わってたとなると……」

「関わってません。信じてください」

お龍は必死に繰り返した。「豊家とも、吉利支丹とも、鴻池屋は関係ありません。どうか、寺嶋様、お願いします。父は無実です。牢から出られますよう、お口添えを……」

お龍の目の前には桐箱がある。菓子を詰めた箱のように見えるが、中身は小判だ。こういうときには他に手はない。村方から出てきた新興商人である鴻池屋には、武家への伝手《つて》も何もない。あるのはただ、酒造業と海運業で手に入れた金だけだ。

寺嶋も、桐箱の中身が何かは察しているはずだが、先ほどから蓋《ふた》を開けることもしない。あるいは、これだけでは少なすぎるということなのか——お龍が不安を感じ始めたとき、

「無実やとは言うけども、鴻池屋の船に豊家の女子が乗ったのは紛れもない事実。しかも、

その後、女子を妾《めかけ》にして匿うとったやないか」

寺嶋老人がぎろりとお龍をにらんだ。

「そ、それは……」

お龍は口ごもった。寺嶋の言うことは本当で、新六は庚申丸に乗せた二人の女子のうち、初瀬の方という名の美女を、己の手元に匿っていた。お龍にも内緒で、である。だが、結局は役人に引き渡したのだ。それは寺嶋老人もよく知っている経緯だ。

「儂としてもな……下手に鴻池屋を庇《かば》うたあげく、こっちまでとばっちりを被ることになってても困る。鴻池屋には怪しいことが多すぎる。今度のことでも、連中が吉利支丹に匿われてたっちゅう湊近くの村に、鴻池屋がひそかに出入りしてたのは事実やと聞いた。いやはや……油断ならん男やわ」

寺嶋の声は冷ややかである。

「それは……違います」

お龍は懸命に反駁《はんばく》した。「九条村には荷揚げ舟を雇うために出入りしてただけ。何も後ろ暗いことはありません」

天秀尼らしき女が隠れていたのが湊に近い九条村だとは、お龍も町の噂で知った。

そして、新六が確かに以前その村に出入りをしていたことも、番頭たちから聞かされた。

だが、それは本当に荷揚げ舟の相談のためだという。豊家残党はもちろん、恐ろしい吉利支丹などと、賢い商人である新六が関わるわけがない。

だが、それをどうすれば寺嶋老人に納得させ、なおかつ、気むずかしい老人の機嫌をなおさせることができるのか、お龍には判らないのだ。

いっそのこと、寺嶋ではなく、直接、御公儀に頼み込みに行ったほうがいいのでは、ともお龍は思った。大坂城代や大坂町奉行といった、今の大坂で大きな力を持っている武家の元に、だ。

しかしながら、大名や旗本である彼らが、新興商人鴻池の娘などと簡単に面会してくれるとはとても思えない。やはり、仲介してくれる有力町人が必要だ。

町人の都とはいえ、今の大坂で町人が己の意志をもって動くには、それなりの武士の後ろ盾がなければ難しい。寺嶋宗左衛門ら「大坂三町人」をはじめ、今、町役人を務めている有力商人たちは、みな、徳川家を後ろにつけている。

鴻池屋は、残念ながら、徳川家との繋がりが薄い。そのことが鴻池屋の行く手を狭めているのだとは、以前からお龍も判っていた。新六は、なんとかして武家との繋がりを深められぬものかと手を尽くしていたが、未だに実を結んでいない。後ろ盾がない以上、今は寺嶋宗左衛門に頼るしかない。

ここは、もう少し金を持って出直してくるべきか――お龍はそう考えた。

そのとき、寺嶋は唐突に言った。

「ところで、お前さんとこの用心棒は、どないしとる。今日は、連れてこんかったようやな」

「甲斐、ですか。ええ、あの……声はかけたんですけど……」

「儂に会う気はないか。やはりな」

ふん、と寺嶋は面白くなさそうに笑った。

甲斐と寺嶋とは、どうやら旧知の仲であるらしい。お龍はそれを初めて知ったとき、驚いた。甲斐の素性をお龍は知らぬが、日頃の言動を見るに、寺嶋には好感は持っていないようだったのだ。

しかしながら、寺嶋のほうは、甲斐に会いたがる。お龍にも以前に、甲斐を連れてくるようにと言ったことがあるし、その後も何度か、鴻池屋に言付《ことづ》けを持ってきた。

甲斐と話をしたいという寺嶋の言葉は、どうも本気であるようだった。

一方で、甲斐には寺嶋と会う気はまるでないようで、何度屋敷に招かれても、お龍の伝言に不愉快そうに顔をしかめるだけで、無視し続けている。

今日も、甲斐を連れてくれば話がうまく進んだのだろうかと、お龍は悔やんだ。

だが、甲斐はどうしても、同行に同意してくれなかったのだ。用心棒のくせに店の窮状を救ってくれないのかと言ってみたが、鼻で笑われただけだった。甲斐は、頼りになるようでいて、お龍の思う通りには決して動いてくれない男なのだ。

「甲斐は今も鴻池屋におるのやな」

念を押すように、寺嶋は言った。

「はい」

「そうか」

寺嶋はうなずいたあと、しばし黙った。

何かを考え込んでいるようで、お龍はかしこまって寺嶋の言葉を待った。

「鴻池屋新六を牢から助ける方法やけどな」

しばらくの後、寺嶋は話を元に戻した。

はい、とお龍は身を乗り出した。

「庚申丸の女子――つまり、天秀尼が九条村で見つかった、だが逃げられたと役人は言うたのやろ。なら、その天秀尼を役人より先に捕らえて、公儀に突き出したらええのや。そうすれば、鴻池屋に叛意なしと公儀に示せるやろ」

「……それは、そうですけど……」

お龍は困惑した。

最初に庚申丸の件で鴻池屋が公儀に疑われたときも、寺嶋はそう言った。公儀の追う者たち、すなわち初瀬の方や天秀尼を、鴻池屋が先に捜し出して誠意を見せろ、というのだ。確かに良い策ではあろう。

しかし、お龍は簡単にうなずけなかった。

理由は二つある。

一つには、かつて寺嶋にそう言われた新六が、策を弄《ろう》し、顔形が似た無関係の娘の命を奪い、身代わりとして公儀に差し出そうとしたことが忘れられないからだ。あとから、その娘はどうやら豊家と無関係ではなかったようだとも判ったのだが、それはあくまで結果でしかない。お龍にとって新六は、誰よりも尊敬できる男であり商人であったというのに、その新六が己の保身のために無関係の娘の命を奪おうとした。お龍には、忘れたくても忘れられない。

二つめは、もっと単純で、そんなことが簡単にできるはずはないからだ。そもそも、奉行所の役人が躍起になって追いかけていても捕まらない相手だからこそ、手がかりを求めて新六のところにやってきたのだ。お龍や鴻池屋の奉公人がいくらじたばたしたとて、捕まえられるはずがない。

「そないなこと無理や——お龍はそう思てるのやろ。役人にも捕まえられん相手を、鴻池屋がどうこうできるはずがない、と」

「はい」

寺嶋も判っているではないかと、お龍はうなずいた。

「けども、甲斐ならば、どうや？」

「え……」

「甲斐はな。ああ見えて本当《ほんま》もんの腕利きや。しかも、豊家に恨みを持っとる。あいつをけしかけて本気にさせれば何とでもなる。甲斐にやらせえ」

ふふふ、と寺嶋は楽しげに笑った。

お龍は顔をしかめた。

甲斐が豊家を憎んでいるらしいとは、お龍も察していた。甲斐は徳川家も好いてはいないようだが、かつての天下人である豊家に向ける憎悪は、その何倍も激しい。

理由まではお龍は知らない。訊いてもいない。迂闊《うかつ》には聞けぬほどに重いものが甲斐の胸中にはありそうだからだ。もしかしたら、顔の古傷に関わっているのかも、ともお龍は思っている。

寺嶋が、その甲斐の感情を利用して動かそうというのが、お龍にはなんとなしに嫌だった。甲斐は鴻池屋の用心棒として頼りになる男で、お龍の命を何度か救ってくれた恩人でもある。性格には少々難があるが、できればずっと鴻池屋にいてほしいとも、この頃のお龍は思い始めているのだ。甲斐と他愛ないやりとりをすることを、楽しみに思ったりもする。甲斐の胸に秘められた過去をつついて働かせるようなことは、したくない。

「なに、あの甲斐が長々と用心棒などという馬鹿げた役目を引き受けとるのは、鴻池屋新六をそれなりに見込んでのこと。あ奴もこのまま新六を牢のなかにほったらかしにする気はないやろ。――まあ、新六を見込んだのか、その跳ねっ返りの娘を見初めたのかは知らんがな」

寺嶋の言葉にお龍は一瞬どきりとした。が、すぐにからかわれているのだと気づき、思わず頬が熱くなる。

「それからな。今、公儀が追いかけとる豊家の残党といえば、鎌倉から逃げ出した天秀尼のほかにもおるやろ。あの、鴻池屋におった娘や。確か、茜というたな」

「はい……」

「その娘のことも、甲斐は捜しとるはずや。そっちでもええ」

そういったあと、寺嶋は意地の悪い顔でお龍をちらりと見、

「それとも、お前さん、茜は恩人やと、まだ義理立てしとんのかいな？」

「いえ、それは……。あのときは……茜はんが豊家と関わりのあるひとやとは知らんかったし……」

茜は天秀尼と顔だけが似ている町娘で、理不尽に騒動に巻き込まれてしまったのだと、お龍は思い込んでいた。だから、親に逆らって茜を助けようともした。今思えば、少々、考えが足りなかったと思う。だが、そのときは他に考えが及ばなかったのだ。

茜が本当に豊家の残党であれば、話はまた別である。以前に命を助けられた恩は感じているし、何度も言葉を交わして親しみも覚えているのだが……役人に追われる娘を助けるわけにはいかない。

「どちらの娘でもええ。甲斐をけしかけて捕まえさせるのや。たかが娘一人、簡単なことや。そうすれば、その身柄と引換に、鴻池屋を牢から引き取ることもできるやろ。そのくらいは、儂が御城代を説得したってもええ」

「けど……娘一人やというても……まわりにも物騒な家臣がいてたし……」

お龍は控えめに、なおも寺嶋に反論を試みたが、

「何、心配はいらん。甲斐が一人で手を焼くようなら、その後ろにおる連中がちゃんと出てくる。あの連中をもう一度、表にまで引っ張り出してくるにはええ機会や」

「後ろにおる連中……」

それは甲斐の仲間——あるいは、身内ということだろうか。

「あの、甲斐はいったい……どういう素性のひとなんですか」

お龍は思い切って聞いてみた。以前、甲斐本人に訊ねてみたが、応えてくれなかった。

新六は何か知っているようだが、これまた、お龍には何も言ってくれない。何か教えてくれそうだったのは、甲斐を鴻池屋に紹介してくれた庚申丸の船頭熊八《くまはち》だけだが、何かと忙しい男ゆえ、ゆっくり話をする時間がとれぬままである。

甲斐についてお龍が知っていることは、武士ではないらしいことと、戯《たわむ》れに龍笛を奏でるような雅《みやび》な一面も持っていることくらいだ。

「何も、知らんのか」

「はい」

「そうか。甲斐は言うとらんのか。やとしたら、お龍を見初めたと思うたのはやっぱり儂の勘違いやな。まあ、村から出てきたばかりの田舎娘にあれこれ話してもしょうないことやからなあ」

田舎娘と言われたことには、お龍は少々むっとした。確かにお龍は村方の出だが、そんな理由で軽く扱われるのは心外だ。

「まあ、ええ。甲斐のことは、儂が言わんでも、いずれ判る。大坂に長く住むようになれば、いずれ知るようになる連中や。それよりな。甲斐をけしかけるときには、くれぐれも、儂から言われたとは言わんようにな。どうも、あ奴は儂を疎んじとるようやからなあ。養父《おや》の躾《しつけ》が悪いんか、まわりの奴らに影響されたか……恩人を軽んじるとは……」

やれやれと、寺嶋は大袈裟に首を振った。

それから、さて……とおもむろに立ち上がる。

「悪いな、お龍。儂はこれから、御城代のところに出かけんとならんのや。話はおしまいや」

「待ってください。あの……父のこと、御城代様にもどうか、お取りなしを……」

「鴻池屋のことについては、今言うた通りや。儂にあれこれ言う前に、まずは自分とこの用心棒を働かせえ。儂の出番はそのあとや。甲斐がちゃんとお尋ね者を捕まえてきたら、儂があとの始末はつけたる」

「寺嶋様……」

お龍が呼び止めても、もう寺嶋は振り向かなかった。そのまま濡れ縁を渡り、姿を消してしまった。

お龍は置き去りにされた桐箱を見つめながら、途方に暮れた。寺嶋の言う通り、甲斐を頼り、天秀尼か茜か、どちらかを捕まえてくれと頼めば、甲斐は実行してくれるだろうか。

お龍の頼みを聞いてくれるのだろうか。

天秀尼という尼御前には、お龍は特別な思いは抱いていない。むしろ、早く捕まって欲しいと思う。だが、茜のことを思うと、気持ちが揺れる。茜がもしも本当に豊家の姫だとしたら、徳川の手に捕まれば、どうなるのだろう。まさか首をはねられるということはあるまいが……酷い目に遭わされたりしないだろうか。

自分を助けてくれたときの、茜の颯爽《さっそう》とした姿を思い出すと、どうにも気が進まない。

（けど、お父ちゃんを助けるためには……）

思い切るしかないのだろうか。

六

茜はその朝、いつも通りに男物の小袖に袴を身に付け、腰には小太刀を差した。笠で顔を隠せば、女だとは判らぬはずだ。

空は晴れ渡っていた。雲一つない。しかし、日差しはすでに秋の穏やかさを漂わせている。季節は変わったのだと、茜は改めて感じた。大坂に来てから数ヶ月が過ぎ、茜の身の回りも容赦なく動いていく。

これから、九条村に潜む吉利支丹の者たちと、会いに行くのだ。豊家の姫として。

茜が初めて九条村の話を聞いてから、すでに五日が過ぎていた。

昨夜、夜も更けた頃になって、十六夜屋の離れにお勝が顔を見せ、茜を件《くだん》の吉利支丹衆に合わせる手筈がようやく整ったと告げた。茜の待ちわびた知らせだった。

「九条村は役人がうろうろしてますよって、少し離れた場所になるようですけど」

近くまで舟で出向けば、向こうから迎えが来ることになっているという。こちらの舟には、お勝の元に九条村の話を知らせてくれたという、古い知りあいが乗る。大坂城の落城後は、川舟の船頭をしている男だという。

「茜様のことは、九条村におった者らにも伝えてあるそうです。ぜひお会いしたいとのことで……。先方の頭目《とうもく》は、お館《やかた》さまとも備前殿とも呼ばれているらしいですわ」

「備前――明石掃部の生国だわ」

「へえ、そうです。吉利支丹の洗礼名ではジョバンニ。武将としての名は捨てたと仰ってるそうで」

その男が明石掃部全登である可能性は高い。いや、きっとそうに違いないと茜は信じた。

そこから天秀尼や、国松丸へも道が繋がっていけばいいのだが、そこまで期待するのは気が早いだろうか。

「本当は、大助殿も一緒やったら安心なんですけど」

お勝も、そのことだけは気になっているようだった。

大助は結局、まだ戻ってきてはいない。茜は己の才覚で、その吉利支丹と話をしなければならないのだ。

才蔵も、もちろん同じ舟に乗っていく。それだけは譲れないと、才蔵自らが主張した。本音では茜を行かせたくないとの気持ちがまだあるようだが、口にはしない。止めても無駄だと察しているのだろう。

才蔵は、相手が吉利支丹であることにも少々の警戒心を抱いていたようで、出発前には茜に念を押した。

「いざというときには、京極竜子様の名をお出し下さい。吉利支丹相手であれば、力のある名かと」

「ええ、判ったわ」

「それに……あるいは、大助様は、今、京の京極竜子様のところに行かれたのかも……」

ぽろりと口にした言葉には、茜は思わず身を乗り出した。大助から何か連絡があったのかと思ったのだが、才蔵は首を振った。

「いえ……ただ、以前から、国松丸様のことで一度、竜子様に話を聞きたいと仰っていたのです。しかしながら、やはりあちらには徳川の目が光っていますから、容易には近づけない、茜様を近づけることは余計にできない、と……」

豊臣秀吉の側室だった女であるから、当然、徳川家の監視下には置かれている。ことに、天秀尼の逃亡騒ぎがあってからは、いっそう厳しかろう。だが、あえて大助は、危険を承知で出かけたのかもしれない。だとしたら、茜を置いていったのも納得できるのだが……。

「ともかく、大助様がおられない間は、おれが茜様をお守りします」

才蔵は強く言った。

お勝も、才蔵が付き従うことには、もちろん賛成した。

「先方のことは信頼してますけども、万が一、徳川の役人に見つかったらえらいことですから」

供をするのは才蔵のほか、十六夜屋の亭主六兵衛である。朗らかなお勝とは対照的に無口で物静かな男だ。

お勝自身は十六夜屋に留まる。夫婦揃って店を空けるわけにはいかぬし、もしも大助が戻ってきたときに、茜の居場所を伝えねばならぬからでもある。

「どうか、お気をつけて」

その時を迎え、身支度を調え、十六夜屋の勝手口から路地に出た茜を、お勝はじっと見つめて言った。心配しているのが判る表情だ。その気持ちを嬉しく思いながら、

「行ってきます」

短く答え、茜は歩き出した。

これでよかったのかとの迷いは、まだある。

十六夜屋から決して外に出るな――大助が言い残した言葉を、茜は破ったことになるのだ。どんなときでも大助の言う通りにしてきた茜にとっては、初めてのことであった。

（でも……）

初めに約束を破ったのは大助のほうだ、との思いが茜にはある。いつでも側にいて姫を守る――大助は幼い茜にそう約束したのだ。その約束を、大助は反故《ほご》にした。茜の側から消えてしまった。たとえ京極竜子のところに行ったのだとしても、茜に何も告げずに消えたのは、やはりおかしいではないか。

だから、今はこうすることがいちばん良い選択なのだ。

不安を押し殺すように、茜は腰の小太刀にそっと触れた。多少の武芸ならば身に付いている。小太刀の技も忍び武器の使い方も、大助が教えてくれたのだ。主従であっても、武芸を教えるときには大助は手加減をしなかった。茜が泣いて嫌がっても許してくれなかっ

たこともある。そうやって身に付けた力は、もちろん、その後の茜の支えになった。今の茜は、か弱いだけの姫ではない。

茜は歩き出した。

十六夜屋の裏手から、東横堀川に出て、用意してあった川舟に乗る。船頭は、茜も顔馴染みの十六夜屋の船頭ではなく、髭で口元を隠した年寄だった。甚八《じんぱち》という名だと、六兵衛が紹介した。

甚八は、若衆にも見える身なりの茜に一瞬戸惑ったようだが、すぐに深々と頭を下げた。

「姫様……お会いできて光栄にございます」

そう言った声は感無量といったように震えている。茜は不思議な気持ちになった。男はかつて大坂城に仕えていたというから、茜は確かに旧主の姫になる。それだけの理由で、男は初めて会う茜に対して、これだけの敬意を払い、涙さえ滲ませている。

お勝夫婦と会ったときも、同じ理由で丁寧な挨拶ともてなしを受け、茜は戸惑ったものだ。

大坂にはまだ、豊家の恩を忘れぬ者たちがいる。大助たちと流浪の旅をしている間、茜は豊家の姫であることをひた隠しにしてきた。それを知られたことで生まれるのは憎悪や敵意しかないと信じていた。大助も、そう言っていた。

だが、本当は、そうではなかったのかもしれない。茜がこれまで思ってきたよりも、豊家を覚えていてくれる者は多いのかもしれない。

きっと、九条村の吉利支丹たちとも上手くいくはずだ。

「ありがとう。頼みます」

茜が短く答えると、甚八は目を潤ませてうなずいた。

第二章　闇の一族

一

茜を乗せた舟は難波橋をくぐり、大川を下った。

しばらくすると、川の流れは中洲によって二つに分かれる。北が堂島川《どうじま》、南が土佐堀川《とさぼり》と呼ばれ、中之島《なかのしま》と呼ばれる島を挟んだ形で海に向かう。

舟は南の土佐堀川を進んだ。

湊から町へ向かう川舟が、何艘《なんそう》も茜の舟を追い越していく。茜はそのたびにうつむいて顔を隠したが、湊へ急ぐ川舟の者たちは、ゆっくりと進む小舟のことなど気にもとめない。少しでも早く荷を届けることだけを考えているのだ。それが商売というものだ。

「本当に、たくさんの舟が行き交っているのね」

茜は誰にともなくつぶやいた。

「大坂は堀川に支えられた町ですよって」

無口な六兵衛に代わって、船頭の甚八が律儀に応えた。「東西南北に大きな堀川が走ってまして、水の流れが商売を動かしてますのや。太閤様がそういう町にお造りになったんで」

町の基礎を整えたのは豊臣秀吉だが、その後、徳川の手によってさらに開発が行われ、今では船場と呼ばれる中心地から、西横堀川を隔てたさらに西側にまで、幾筋も新たな堀が開削され、新地《しんち》と呼ばれる町場が造られている。

再建されつつある大坂城を北東の端にいだきながら、大坂の町は今もとどまることなく広がり続けているのだ。

北は大川を越えて天満《てんま》郷《ごう》へ、南は古《いにしえ》より賑わいの続く四天王寺の門前町へ、そして、西は海へ――湊へと向かう。

茜は笠の内から改めて川岸を眺めた。

土佐堀川沿いには大名の蔵屋敷が多い。戦乱の世を生き抜いた各地の大名が、大坂商人の力を求めて町に次々と屋敷を建て始めている。

それを目の当たりにし、茜の胸にかすかな痛みが生まれた。もしも豊臣家が、徳川におとなしく従い、大坂城を退去して地方の一大名となって生きることに満足していたら、今頃は大坂の町にあんなふうに蔵屋敷を建て、安穏と生き延びる小大名の一つとなっていたのだろうか。

いや……ありえないことだ。茜は自らの胸に浮かんだ想像に、首を振った。

あの父が——それ以上に、あの苛烈《かれつ》で美しい祖母が、それに甘んじたはずがない。豊臣家は天下人として栄え、そして滅んだ。それしか道はなかったのだ。

今、大坂に蔵屋敷を持つ大名のほとんどが、新たな大坂城の築城に動員されている。徳川の号令のもと、人足を集め資材を提供し、徳川のための城造りに参加することで、恭順の意を示す。大坂の町——いや、天下のすべては、もう徳川のものだ。町人の都大坂も例外ではない。大名も、町人も、徳川の意のままになる者ばかりが生き残る。それが今の世だ。逆らう者は息を潜め、隠れて生きるしかない。茜のように。

中之島を過ぎると、二つに分かれていた川は再び合流し、安治《あじ》川と呼ばれる流れとなった。安治川は海へ注ぎ込む川であり、湊からの荷を積んだ舟も多く行き交うが、波が荒く、川幅は狭いため、荷運びに適した川とはいえない。

茜を乗せた舟も、安治川に入ると同時にひどく揺れた。振り落とされぬように、茜は船《ふな》縁《べり》にしがみついた。

「茜様、お気をつけて」

才蔵が横から気遣う言葉をかけ、大丈夫だとうなずきながら、茜はなおも川岸を眺め続けた。

辺りにはもう、町家は見えない。一面の葭の原が続いているだけだ。

「九条村は、この辺りです」

才蔵が小声で言った。才蔵も大坂には詳しくなかったはずだが、さすがに忍びの者だけあって、すでに辺りの地理は頭に入っているらしい。

「岸に着けます」

甚八が言い、舟は荒れる波を巧みに横切って、川岸に着いた。船着き場はなく、葭の茂みが広がっているだけだ。

「迎えの舟がおるはずなんですが……」

甚八は辺りを見回しながら困惑気味に言った。

才蔵が舟を降り、続いて茜も岸に降りた。

辺りには人の気配がない。葭の原を吹き抜ける風の音だけが聞こえている。舟影も、他には見えなかった。

茜は目を閉じ、耳を澄ました。

かすかな音を聞き分ける耳の良さは、茜には昔から備わっていた。忍びの者たちよりも鋭く敵の気配を察し、仲間の危機を救ったこともある。

生まれついてのものかどうかは判らない。父や母がどういうひとであったか、茜は詳しく知らないからだ。天下人である父親は遠い存在であったし、母親は、父の正室千姫《せんひめ》に遠慮して、常に控えめに過ごしていたひとだった。

「場所は確かやと思いますのやけど」

近くを見てきます、と甚八が言った。

「待って」

茜は鋭く制止した。耳に、何かがひっかかったのだ。これは……、

あっちよ、と茜は指を差した。葭の茂みに覆われて、何があるのかは見えない。だが、

「ひとの声だわ」

確かに声がしたのだ。かすれ声だった。

才蔵がすぐに駆けていこうとしたが、茜は慌てて言った。

「気をつけて――怪我をしているみたい……」

誰かが苦しげな声で助けを求めている。そんな声に聞こえるのだ。

嫌な予感がした。

慌てて才蔵の後を追い、茜も近づこうとしたが、甚八が止めた。

「茜様は、ここでお待ちを。儂が見てきます」

「でも……」

茜は戸惑った。甚八は丸腰だ。武器を持たぬ町人よりは、茜のほうが何かあったときに対処できる。

だが、自分自身が危険に身をさらしてはならないことも、茜はよく判っていた。もしも茜が命を落としたら、大助や才蔵がこれまで戦ってきた意味がなくなる。何があっても己だけは生き残れ――それが、豊臣家の最後の姫である茜に課された使命だ。

「一緒に行くわ」

茜はそう言い、甚八の後について歩き出した。

六兵衛も、茜の背中を守るように後ろについた。

声はすでに茜の耳にも届かなくなっている。途切れてしまったのだ。

甚八が葭をかき分けて歩くと、小舟が見えた。才蔵がその舟に乗り込んでいる。なかに誰か倒れているのか、

「おい、しっかりしろ」
二、三度声をかけた才蔵は、すぐに茜のほうを振り返り、首を振った。
ためらう甚八を押しのけ、茜は小舟に駆け寄った。

血の匂いが鼻を突く。倒れていた男は、おそらく船頭だろう。菅笠《すげがさ》をかぶっている。胸元からは、数珠のようなものが見えた。才蔵がそれを引っ張り出し、手にとって確かめた。

「吉利支丹の十字架《くるす》……」

茜はつぶやいた。ということは、この男が、茜を待っていた迎えの者なのだ。それが、誰かに殺された。

いったい、殺したのは誰なのか——。

緊張が体に走った。敵はまだ、近くにいるかもしれない。

「茜様」

才蔵が茜を守るように寄り添った。

茜は改めて、男の亡骸を見た。体には特に目立った傷はない。だが、眉間を鋭い何かで貫かれていた。その一撃で、死んだのだ。

その傷痕を目にした茜は、はっとなった。

「まさか……」

同じ傷を見たことがある。あの男だ。鴻池屋の用心棒として茜の前に現れた、甲斐という名の——。

「茜様」

ふいに才蔵が叫び、茜の頭を抑えてその場に伏せさせた。

同時に、何かが空《くう》を切る。

わっ、と声をあげたのは船頭の甚八だった。胸元を押さえてうずくまる。血の匂いがした。

「甚八はん！」

六兵衛が喚いて取りすがる。

茜は素早く小太刀を抜いた。

間違いない。あいつがいる。茜は確信していた。

甲斐だ。

あの男は、棒手裏剣の根に紐をつけたような見慣れぬ武器を使っていた。縄標というものだと、大助は教えてくれた。

その縄標使いの甲斐が、なぜかここに現れて、どこからか茜を狙っている。

葭の茂みに遮られ、姿は見えない。気配も足音も、風の音にかき消されてしまう。茜は身を伏せたまま、懸命に音を捜した。どこかにいるのだ。そう遠くないどこかに。

ふっ――と、風の音が乱れた。

「才蔵」

茜の声と同時に、才蔵が駆け出した。あっというまに、その姿が茂みのなかに見えなくなる。だが、茜には足音が聞こえていた。

才蔵のものとは違う足音が、地を蹴った。

「貴様、あのときの……」

才蔵の声が響き、続いて、剣戟《けんげき》が茜の耳を打った。

誰かと斬り合っている。相手の声は聞こえない。だが、甲斐に間違いないと思われた。

才蔵も甲斐のことは知っている。やりあったこともある。あのときは、大助が一緒にいた。

「才蔵」

茜はとっさに小太刀に手をかけ、走り出そうとした。

だが、思い直した。

本当に甲斐だったとしたら、戦おうとしても無駄だ。大助がいない今、茜や才蔵だけで勝てるとは思えない。逃げなければ。

茜は踵《きびす》を返し、六兵衛と甚八に駆け寄った。

才蔵が甲斐の目を引きつけてくれている。

「今のうちに、早く」

六兵衛はすぐに察し、目の前の舟から船頭の亡骸を抱き上げ、すまんとつぶやいたあと岸に放りだした。傷を負った甚八を支えて舟に乗せ、自らが棹をとる。

「茜様、早く」

「ええ」

茜はうなずき、舟に乗ろうとした。

その足が、船縁に手をかけたところで止まった。

（逃げなければ）

それは判っていた。

ここで逃げれば、茜は助かる。これまでに何度も、茜は忍びの者を危険のなかに置き去りにして逃げた。その結果、茜のために死んだ者も大勢いる。才蔵の母の楓《かえで》もそうだ。茜や大助を逃がすために犠牲になったのだ。

そうすることが正しいのだと大助は言ったし、茜もそう信じていた。茜が死ねば、すべてが終わる。誰を犠牲にしても、己だけは生き残らなければならない。

だが、今、どうしても茜にはそれができなかった。

相手が甲斐であれば、才蔵はきっと殺される。敵《かな》うはずがない。

才蔵は忍び者――身分卑しき者。天下人の姫を守るために死ぬのは当然のこと。頭では判っていても、心が拒むのだ。ずっと側にいてくれた忠義者の少年を見殺しにしていいはずがない。それに、才蔵は大助にとっても大事な……。

「ここで待っていて」

茜は六兵衛にそう言って、身を翻した。

「茜様」

六兵衛の叫びが聞こえたが、茜はそのときには茂みのなかへと駆け出していた。

二

茜は小太刀を抜き、逆手に握ったままで足の茂みに踏み込んだ。視界を遮る笠を脱ぎ、後ろに投げ捨てる。

行く手からは人の気配が消えている。音もしない。才蔵はどこに行ったのか。

茜を逃がすために、敵を引きつけて遠くに離れようとしたとも考えられる。だが、それにしては静かすぎた。

後ろから、六兵衛が追ってくる足音がする。茜様、と呼ぶ声も聞こえた。

「来ないで」

茜は振り向かずに言葉だけを投げた。丸腰の六兵衛が来たところで意味はない。怪我人を増やすだけだ。

敵は甲斐に違いないと、茜は確信していた。

だとしたら、茜を殺す気はないはずだ。以前に会ったとき、甲斐はそう言った。茜に激しい憎悪を向けながらも、命は奪わなかった。

小太刀を握りしめ、気配に耳を澄ましながら茜は前に進んだ。身を隠そうとは思わなかった。その必要はない。

「才蔵、どこにいるの」

茜は抑えた声で前方の茂みに問いかけた。

音はしないが、誰かがいるのは判っていた。甲斐は茜にすら気配を悟らせずに隠れることができるのだ。どれほどの腕を持っているのか――。

ふいに風向きが変わった。血の匂いがする。船頭の亡骸があった小舟のほうからではない。

「才蔵……」

まさかとおののきながら、茜はもう一度小声で名を呼んだ。

瞬間、目の前の葭の茂みが動いた。

同時に、茜の目の前に、どさりと何かが倒れ込んだ。茜は一瞬、飛びすさったが、すぐにそれが何か気づき、悲鳴をあげた。

「才蔵！」

足元に倒れ伏した才蔵は、ぴくりともしない。茜は膝をつき、才蔵を抱き起こそうとした。黒装束の右肩が切り裂かれ、赤黒い血に染まっている。息はあるが、深手である。

「才蔵、しっかりして」

狼狽える茜の頭の上から、

「また会えたな、姫君」

冷ややかな声が降ってきた。

「お前……」

茜は顔をあげ、現れた男をにらみつけた。

傲然《ごうぜん》と立つ男は、思った通り、あの甲斐だった。以前に鴻池屋で会ったときと同じ、派手な朱鞘の刀を差し、茶筅髷に黒羽織姿だ。ふてぶてしい笑みを浮かべ、ぎらついた目をしている。手にした白刃は血に染まっていた。才蔵の血だ。

やはり才蔵では敵わなかったのだと思う一方で、少年といえど手練《てだ》れの忍びである才蔵をあっさりと斬り伏せた甲斐の腕に、改めて恐怖を感じた。

茜が小太刀を構えると、甲斐は鼻で笑った。

「お供は雑魚《ざこ》ばかりか。真田大助はどうした」

「……」

「茜様……」

才蔵が呻《うめ》いた。

「才蔵、動かないで」

「茜様、逃げて…くださ……」

才蔵はなんとか起きあがろうとしたが、傷は深い。下手に動けば血が流れるだけた。動かないようにと繰り返しながら、茜は才蔵の傷を改めて見直した。致命傷ではないはずだ。今なら、まだ助けられる。

「茜様……」

後ろから六兵衛も駆けつけてきた。甲斐の姿と、倒れたままの才蔵に気づき、息を呑んで立ち止まる。

甲斐の目が、めんどくさそうに六兵衛に向けられた。

斬る気だ——そう思い、茜は叫んだ。

「やめて、六兵衛は関係ないわ。私の家臣でもなければ、真田の者でもない」

「……ああ、見れば判る」

意外なことに、甲斐はうなずいた。「おれは町の者に手は出さん」

その言葉に、茜はつい言い返していた。

「あの船頭を殺したくせに。甚八のことだって……」

「豊臣の家臣は別や。情けをかける筋合いはない」

甲斐は鋭く言い放ち、茜は唇を噛んだ。

黙り込んだ茜に、甲斐は続けて言った。

「刀を収めろ。勝てる相手かどうかくらいは判るはずや。言うことを聞いていれば、お前をここで殺す気はない」

茜はためらった。おとなしく言いなりになどなりたくない。だが、甲斐の言葉は正しい。勝てる相手ではないのだ。

仕方がない。茜は小太刀を鞘に収めた。

考えてみれば、甲斐は才蔵のことも、殺す気であればできたはずなのだ。致命傷を負わせなかったのは、何か意図があってのことだ。今はそれを、利用するしかない。

「豊家の残党がこの辺りにいると聞いてな。吉利支丹と一緒やとも聞いたが——まさか、お前にまた会えるとはな。お前もお仲間を捜しに来たのか?」

茜は応えなかったが、甲斐はそれを肯定と受けとったようだった。

「なるほど。なら、この近くには本当に豊家の残党がおるわけや」

ふんと鼻を鳴らし、甲斐は辺りを見回した。余裕のある態度がいちいちしゃくに障るが、おとなしくしているしかない。

と、六兵衛が黙って一歩進み出、茜の隣に膝をついた。ぎろりとにらみつけた甲斐の目を無視し、冷静に己の袖を破って才蔵の傷口を縛る。それから、青ざめた顔の茜に向き直り、力づけるようにうなずいた。

茜は気持ちがわずかに落ち着くのを感じた。確かに甲斐は腕の立つ男だが、一人だけだ。茜は一人ではないし、命を奪われない限り、手のうちようはある。

それに、甲斐は、どうやら大助を警戒しているようだ。手強い相手だと認識しているのだ。大助が来てくれれば……。

「吉利支丹がこの近くに天秀尼を匿っているというのは本当か？」

茜は応えなかった。甲斐が何をどこまで知っているのか判らないうちは、迂闊に話すわけにいかない。

「だんまりか。しかし、こっちもあまり気が長くないんでな」

言うなり、甲斐の手が動いた。血で濡れた刀が、茜の眼前に突き付けられる。

「応えろ。殺しはせんが、何もせんとまでは約束できん。目、潰すぞ」

茜は甲斐をにらみつけた。甲斐の言葉が単なる威《おど》しだとは思わないが、すぐに怯えて洗いざらい話すほど臆病だとも思われたくなかった。豊家の姫は、それほど腰抜けではない。

甲斐はにやりと笑った。

「なるほど、さすが、気が強い。——なら、まず右目からや」

刀の切っ先が目の前で動き、茜は思わず目を閉じた。

「待て。その通りや。儂はそう聞いとる」

応えたのは、六兵衛だった。茜がはっとして目を開けると、

「貴様が誰かは知らんが、茜様に無礼は許さん」

六兵衛は甲斐をにらみつけ、刀の峰に手をかけてぐいと切っ先を下げさせた。そのまま甲斐に掴《つか》みかかりかねない勢いに、

「六兵衛、やめて」

茜は慌てて、六兵衛を止めた。甲斐の機嫌を損ねたら斬り殺されかねない。六兵衛をむざむざと死なせては、お勝にも合わせる顔がない。

面白くなさそうに甲斐が顔をしかめた。

「町の者を虫けらのように踏みつぶした豊臣家の姫に、町の者が義理立てするか」

「儂にとっては大恩ある主家。命にかえても茜様は――」

「いいから、下がっていて、六兵衛」

茜は鋭く遮った。「これ以上、無駄な血を流したくないの。この男はひとを殺すことなどなんとも思っていないのだから。それよりも」

茜は甲斐に向き直った。

「九条村にいる豊家の旧臣を捜しているなら、私に何を聞いても無駄だわ。私たちは今日、その者たちに会うつもりだった。でも、ここで落ち合って相手のところに案内してもらう手筈だった船頭は、お前が殺したわ」

「なるほど、あの男か。それは惜しいことをした」

そう言う甲斐は、まったく惜しいなどと思っていないように見える。

改めて茜の顔をじろりと眺め、

「お前は天秀尼と瓜二つとの話やったな。どっちが本物の姫や？」

甲斐の問いは、茜こそ誰かに問いかけたいものだった。大助は、茜が本物だと言った。だが、それは初瀬の方の言葉を聞く前だ。今なら、どう応えるのだろう。

「無礼なことを言うな。茜様こそ、本物の姫。天秀尼はただの身代わり、替え玉や」

六兵衛が怒鳴った。

「ならば天秀尼を捜す必要はなく、お前を連れていけばいいということになるが――さて、本当にそれが真実かどうか」

甲斐は探るように茜を見た。茜の内心の動揺を見抜いているようにも見えた。茜はつとめて冷静に言った。

「もしも本物ならば、どうするの。殺す気はないと言ったけれど、ならば私をどうするつもり」

「豊家の隠し金のありかを吐いてもらう」

躊躇《ちゅうちょ》なく、甲斐は応えた。

「隠し金なんか、私は知らないわ」

「ならば、お前は偽物ということになる」

「――」

甲斐の言葉は、茜の胸に刺さった。考えたくない――だが、考えずにはいられないことだ。秘密を知っていることが本物の証なのだとしたら、茜にはそれがない。天秀尼は本当に、それを知っているのだろうか。刀を突き付けられても折れなかった茜の矜持《きょうじ》が、ぐらりと揺れた。

「阿呆らしい」

笑い声をたてたのは六兵衛だった。

「そもそも、隠し金なんぞ、あるわけがない。貴様、どこからそないな阿呆な話を仕入れてきた。戦場に流れたその手の噂が、本物やった試しはないわ。作り話や」

「作り話のために、おれの親兄弟は死んだのか。大勢の町の者が口封じのために生きながら土の下に埋められ、苦しみ抜いて死んだのも、すべて作り話か」

甲斐が言った。凍り付くような声に驚いて、茜は再び、甲斐の顔を見上げた。茜を見下ろす甲斐の顔には、強烈な憎悪があった。あのときと同じだ。鴻池屋の裏路地で、初めて隠し金の話を聞かされたときと。

「お前の身内は、その隠し金とやらを隠す手伝いをしたせいで死んだ……ということ？」

確かめる茜の声が震えた。そんなことが真実だとは思いたくない。

「ああ。百人もの町の者と一緒にな」

「そんなこと、あるはずが……」

ない、とは言えなかった。すべて偽りであると考えるには、甲斐の全身から感じられる憎悪は激しすぎた。それに、茜は豊臣家が滅んだときに、まだ八つだったのだ。父や祖母が家を守るためにしたことなど、何一つ知らない。

「でも……」

茜は渇きかけた唇を動かし、なんとか言葉を継いだ。

「……もしも、お前の言うことが本当だったとして――豊家の姫がその隠し場所を知っているという話は、どこから聞いたの。なぜ、それをお前が知っているの。お前はいったい何者なの」

矢継ぎ早の問いは、甲斐の全身から立ち上る憎悪から、目を背けたいがゆえだったかもしれない。

茜が声を上ずらせ、早口で問うた最後の言葉には甲斐は応えず、

「隠し金のことは、当時大坂城に潜んでいた仲間が調べた。間違いはない」

「阿呆言うな。大坂城には敵の手下なんぞは一人もおらんかった」

またも六兵衛が口を挟んだが、甲斐は一笑に付した。

「豊臣家は、城の普請を任せた御用瓦師にまで裏切られたやないか。忘れたか」

今は大坂の町で「大坂三町人」などと名乗って権勢を振るっている、寺嶋宗左衛門のことである。

寺嶋家はもともと秀頼に信頼され、大坂城のなかにまで招き入れられていた瓦師であったが、戦の直前になり、一族郎党を率いて突然、家康の陣に馳せ参じたのだ。大坂城の内情を洗いざらい徳川家に告げたともいわれている。今の地位は、その見返りに与えられた

ものだ。

「落城間際の大坂城には、あの手の寝返り者があふれかえっていた。あの真田幸村さえ、最後には主に背いて隠し金を奪おうと企んだという。武家の主従の絆《きずな》など、所詮はその程度——」

「違うわ」

茜はたまらず言い返した。「他の者は知らない。でも、真田の者がそんな企みを持ったはずがない」

大助に対する侮辱だけは、茜には許せなかった。

「お前の言うことは何一つ正しくなんかない。私は正真正銘の豊家の姫。でも、隠し金のことなど何も知らないし、大助も同じだわ」

「いや、真田の者はすべて知っている」

甲斐は断言した。「あの真田幸村が倅《せがれ》に何も伝えずに死んだとは考えられん」

「でも大助の口からは、一度だってそんな言葉は出なかった。本当に隠し金があるなら、とうの昔に私から聞き出して、己の手にいれようと思うはずじゃないの」

「真田の者ならばそういう欲深い考えを持つはずだと、思うわけか」

「大助はそんな男じゃないわ」

茜は叫んだ。

「絶対に――違うわ」

豊家を裏切った卑怯者――母が大助を責めた言葉が、茜の頭をよぎる。だが、やはり茜には、信じられないのだ。欲得ずくで動いた裏切り者であれば、幼い茜をあれほどに命がけで守り抜いてくれただろうか。滅んだ家の姫を守るため、幾人もの家臣を犠牲にしながら、八年も逃げ続けてくれただろうか。

「滅んだ主家の姫に仕える忠臣、というわけか。しかし、幼い姫君にそう思い込ませるくらい、たやすいことや」

ふんと甲斐は鼻で笑い、茜は再び言葉に詰まる。

確かに、もしも大助が茜を騙そうとしていたら、たやすかろうとも思うのだ。茜は何もかもを大助に頼って生きてきた。八年もの間。

だが……。

(大助は、そんな男じゃない)

不思議なものだった。甲斐に言葉を投げつけられるたびに、茜の胸のなかには大助への信頼が深まっていく。

(隠し金のことだとて……)

茜はふと気づいた。もしも隠し金の話が本当で、大助がそれを知っていたがゆえに、茜を守っていたのだとしても、それは大助の忠義を疑う理由にはならないのではないか。大助が真の豊家の忠臣であれば、隠し金を守るのは当たり前のこと。そして、それはいつか国松丸が見つかったときのためにとっておく——そう考えるはずだ。

茜は豊家の姫であるが、女であるから跡取りにはなれない。豊家の復興の役には立たない。大助はいつも、それを心のどこかに思っていたはずだ。己の本当の主は国松丸であり、今目の前にいる茜ではない、と。茜もそれは感じていた。大助の、茜を見つめる優しい眼差しの奥に揺れるかすかな陰りに、いつからか確かに茜は気づいていたのだ。

だからこそ、大助は国松丸生存の知らせを聞いて、危険を承知で大坂に戻ってきたのであるし、その後も、茜のことを家臣に任せきりにして、国松丸の手がかりを捜していた。

（そうだ——）

茜はあの日以来胸にのしかかっていた重いものが、消えていくのを感じた。

大助は、決して、豊家を裏切ったりしていない。

「大助は豊家の忠臣だわ。貶《おとし》めるような言葉は私が許さない」

茜は顔を上げ、甲斐を見据え、毅然《きぜん》と言った。「それに、そうやって大助を貶めるお前こそ、豊家の財宝を手に入れてどうするつもりなの。親兄弟の仇を討つといえば聞こえはいいけれど、本当は、財宝を我がものにすることを企んで、思うままに人を殺しているだけじゃないの」

「それが悪いのか？」

甲斐が言い、茜は意表をつかれて言葉を飲んだ。

「豊家の隠し財宝が、他の大名連中や豊家の残党の手に渡れば、戦の火種になる。この天下には、まだ騒乱の芽がそこここに残っている。徳川を憎む豊家恩顧の大名だけやない。徳川の家臣のなかにも火種はある。家康の寵臣だった大久保長安《おおくぼちょうあん》や、三河《みかわ》以来の重臣本多正純《ほんだまさずみ》までが取り潰され、世情は再び荒れ始めた。徳川の世を覆そうと思う者は多勢いる。そのなかには京の帝や、異国とつるもうとする者さえいる。そういった連中の手に財宝が渡るくらいなら、財のすべてを我らが手に入れ、町を守るために使うほうがいい」

「我ら…って、鴻池屋のことなの」

茜が訊ねたのは、甲斐が鴻池屋の用心棒であることを思い出したからだが、同時に、甲斐の素性が本当にそれだけなのかと訝《いぶか》ったからでもあった。

前から感じていたのだ。この甲斐という男は、たかが成り上がり商人の用心棒には思えぬ何かを持っている。

大助にもひけをとらぬ腕を持ち、人の血を流すこともためらわず、それが正しいにせよそうでないにせよ、揺るがぬ信念を胸に抱き、そして、かつての大坂城のことも詳しく知っている。もしや大坂城落城の折りに戦場にいた武将の生き残りであろうかとも思ったが、茜とさほど違わぬであろう年齢からは、考えがたい。

ならば、いったいどういう素性の男なのか。

「鴻池屋か。あれは……まあ、成り上がりの商人ではあるが、頭はええ。徳川の威《い》をかるだけの傀儡《くぐつ》に成り下がった寺嶋の爺《じじい》よりは、この町のために役に立つ」

雇い主であるはずの鴻池屋のことを、甲斐は品定めしているようだ。尊大な物言いであるが、不思議に身に備わっている。

改めて、茜は甲斐を見つめ直した。朱鞘の刀を持った派手な姿は、町にあふれる馬鹿げた傾き者の浪人とどこも変わらない。しかし、本当に、この男はいったい、何者なのだろう？

「私を殺す気はないと言ったわね。だとしたら、どこへ連れて行くつもり」

甲斐の素性を探るつもりで、茜は訊ねた。

「さしあたっては市中に戻るが、最後に連れて行くのは四天王寺」

「四天王寺……？」

鸚鵡《おうむ》返しに、茜はつぶやいた。さしあたって云々との言葉も気に掛かったが、いきなり出てきたその寺の名にも驚いた。

四天王寺の名は、茜ももちろん知っている。大坂の町の南にある、古い寺院だ。千年以上も昔、仏の教えがこの国に伝わったばかりの頃に建てられ、大坂に都があった古の時代には、都を守護する役目も担《にな》っていたという。

都が移り、難波宮が廃《すた》れたあとにも、四天王寺の門前には町が残り、賑わいを保ち続けた。それを、不思議なことと言う者もいる。都から離れた辺土に、まわりの武士たちからも支配されずに町が栄え続けたのは、仏恩のゆえとしても、不思議なことだ、と。

太閤秀吉が大坂に城下町を築いた折りにも、都市計画はまず、大坂城の城下町と、古より続く四天王寺門前町を結ぶ南北の町場を造り、二つの町を一つにせんと目論むところから始まった。

大坂城は、もともと一向衆の造った大坂本願寺寺内町の賑わいの跡に造られた城であるから、今の大坂は、大坂本願寺と四天王寺という二つの巨大寺院の繁栄を、武家の手で結びつけて成り立っているともいえる。帝の都である京や、成り立ちから武家の町である江戸とは、歩んできた道が違うのだ。

「豊家が隠した財をすべて我が一族と養父《おやじ》殿に渡すことと、生き埋めにされた者たちの恨みをはたし、この町の民が再び武家に踏みつぶされぬように守ること。それがあの日、一族の者の命と引換に、たった一人助けられたおれの役目や」

　つぶやくように、甲斐は言った。

「一族……って……」

　四天王寺の門前町に古くから住みついている者は多い。瓦師の寺嶋家も、もとは四天王寺の町の民だと聞いている。門前町という性格から武士は少なかろうが、商人や職人は大勢いたはずだ。

　だが、甲斐は商人や職人には見えない。といって、寺に仕える僧侶とは考えられない。僧籍にあるものが、人の血で手を汚すようなことはすまい。他に町に住む者といえば、例えば芸をもって身をたてる輩などであろうか……。

「お前、本当に何者……」

　茜が再度、訊ねようとしたときだった。

　甲斐が何かに気づいたように、視線を茜からはずした。茜の後ろに広がる葭の茂みをじっと見ている。

　同時に、茜も気づいた。

　人の気配がある。いつのまに近づいてきたのか、判らなかった。不覚だった。甲斐も、今、気づいたらしい。

誰かが、葭の茂みに隠れてこちらをうかがっている。

甲斐が舌打ちし、刀に手をかけた。

気づかれたことを悟ったのか、気配が動いた。身を翻して走り出したのだ。身をかがめて逃げる人影が見え、同時に、指笛のような音が鳴る。仲間を呼んだらしい。

甲斐がすばやく懐に手を入れ、取り出したものを人影に向かって鋭く放った。得意の縄標である。声をあげ、人影はぐらりと揺れた。地面に倒れ、うめく。背中から心の臓の近くに、鋭い凶器が刺さっている。しとめたのだ。

茜はぞっとして、倒れていく人影を見つめた。この距離から、茂みの影に隠れた敵を倒すのだ。甲斐はやはり、並大抵の腕ではない。

甲斐はゆっくりと、倒した相手に近づいた。

「どこの者や？」

甲斐は訊ねたが、応えはない。かすかなうめき声が聞こえるだけだ。

茜は固唾を呑んでなりゆきを見ていた。相手が何者か判らないが、茜の仲間でないことは確かである。あの指笛に聞き覚えはない。幕府の役人であろうか。九条村の近くにはすでに、徳川の目が光っているはずだ。

いずれにせよ、甲斐の目は茜から離れた。

（隙《すき》をついて逃げられたら――）

茜がそっと六兵衛を見ると、同じことを考えていたようで、小さくうなずいた。才蔵は意識も虚ろであろうから、六兵衛が運ぶしかない。甚八は……無事であろうか。

茜の思惑を知ってか知らずか、甲斐は傷を負った相手の前で立ち止まると、言った。

「徳川の役人には見えんな。となると、吉利支丹のほうか。姫様のお着きが遅れたのを案じて迎えに来たというわけか？」

「〈在天《ざいてん》〉と……争う気はない……」

応えた声は、息も絶え絶えだった。「貴様、そう……なのやろ？」

甲斐は応えなかった。〈在天〉とは、茜には初耳の言葉である。六兵衛は知っているのかと思いちらりと見れば、なぜか顔を強張らせていた。

「儂らは……この町を乱す気はない……ただ、儂らの……信じるものを守りたい……だけ」

苦しげな声が続けて茜の耳に届いた。ことされる直前の声に思われた。甲斐は容赦なく、致命傷を負わせたのだ。誰かも判らないのに。そういう男なのだ。人の命をなんとも思っていない……。

冷ややかに、甲斐は言った。

「さて、それをすぐに信じるほどのお人好しにはなれんな。災いを起こす気がないのであれば、今さら天秀尼を担ぎ出す意味などないはず。〈在天〉は大坂の町を乱す者に容赦はせん」

「……儂らのお館さまは………」

うめき声はそこまでで途切れた。

甲斐が舌打ちする。

相手が息絶えたのだ。

「どうして殺したの」

茜は思わず立ち上がり、そう呼んでいた。甲斐の隙をついて逃げなければ——そんな目論見よりも、やりきれない怒りのほうが胸に渦巻き、言葉を溢れさせていた。

「敵かどうかも判らない相手を、どうして殺すの」

「それをお前が言うか。町の者を虫けらのように殺した豊臣の姫が。どうせここまで生き延びてきた間にも、大勢の命を奪ってきたのやろ。お前も、真田大助も」

「それは——」

確かにそうだ。だが、それは仕方がなかったからだ。そう言い返したかったが、できなかった。

先ほどの甲斐の話も思い出す。豊臣家が真実、百人もの町の民を、口封じのためだけに殺したのであれば、確かに茜にそんな綺麗事を言う資格はない。茜の足下には、あまりにも大勢の命が積み上げられている。

改めて思い知らされたその事実に、茜は愕然《がくぜん》とした。戦なのだから仕方がない、天下人の姫として生まれたのだから仕方がない——その一言だけではすまぬだけの命の重みを、茜は今まで知らずにいた。自分の命がどれだけの血に染まったものなのか、感じることもせずにいた。もしかしたら——いや、当然のこととして、甲斐のように豊家を恨む者は、きっとこの世に限りなくいる。

甲斐はそんな茜を冷ややかに見たが、すぐに視線をはずし、川のほうへと向けた。

茜も気づいた。風と波の音以外に、水面を揺らすものがある。舟だ。流れに棹を差す音が聞こえる。誰かが、舟に乗って近づいてくる。

「さっきの指笛か」

甲斐がつぶやいた。

三

茜も甲斐も、その場から動かずに、近づいてくる舟影を見つめた。

舟には船頭のほか、数人が乗っている。ゆっくりと、川岸に着いた。

舟のなかから立ち上がったのは三人。禿頭《とくとう》の年寄を真ん中にして、左右を若い男が挟んでいる。若いといっても年寄と比べてのことで、すでに三十路には近かろう。年寄を守るように寄り添っていた。

年寄は、ゆっくりとした足取りで茜に歩み寄ってきた。

痩せた体に杖をつき、身に付けた着物は百姓と変わらぬ麻で、色あせている。こけた頬や乾ききった肌からは、貧しい暮らしがうかがわれた。にもかかわらず、落ち着きや威厳が損なわれていないのは、もとが身分ある者であるゆえか。付き従う男たちもみすぼらしい身なりであったが、卑しさは感じられなかった。

年寄がまっすぐに見据えているのは茜であった。

甲斐がそれに気づき、先ほどの男の亡骸を放ったままで、ゆっくりと茜の元に戻ってくる。闖入者《ちんにゅう》を警戒はしているようだが、手は刀の柄から離れていた。

剣術の腕ということでは、現れた三人はみな、怯えるような相手ではない。それは茜にも判った。年寄はすでに足元がおぼつかぬようであるし、左右の二人には隙が見える。茜の腕であっても、倒すことも逃げることもたやすかろう。

だが、茜は年寄が近づいてくるのを黙って待った。

目の前の年寄こそが、茜の会おうとしていた相手ではないか——そう思ったのだ。

茜はさり気なく小袖の泥を払い、背筋をのばした。相手が豊臣家の旧臣であるのだとすれば、主家の姫にふさわしい姿でいなければならない。袖は血で汚れ、髪も乱れていようが、せめて父の名を辱《はずかし》めぬような振る舞いを、しなければならなかった。

年寄は茜の顔がはっきりと判る距離まで近づくと、足を止め、一瞬、息を呑んだ。

「これは……驚きましたな。淀《よど》の方《かた》様とよう似ておられる。天秀尼様よりも似ておられるようじゃ」

ということは、年寄は先に天秀尼と会っているのだ。茜が口を開くより先に、年寄は言葉を継いだ。

「私はかつて豊家にお仕えしていた者。当時の名はすでに捨てましたゆえ、ご容赦いただきたいが……茜殿、でしたな。お会いできて光栄です」

「こちらは右府様の御息女、那々姫様や。本当の名を名乗られよ。無礼やないか」

六兵衛が茜の前に立つようにして、心外だというように言った。

茜自身、今では「茜」と呼ばれるほうが慣れてはいるが、本当の名は間違いなく、「那々姫」であった。

六兵衛がわざわざその本当の名を口にしたのは、年寄が「茜殿」と呼んだ無礼を難じてのことだと、茜にも判った。茜自身、その呼びかけには驚いていた。相手が茜の予想通りの男なのであれば、当然、姫として臣下の礼をとってもらえると思い込んでいた。

「お言葉を返すようだが、那々姫様、いや、天秀尼様は、すでに我らの元に身を寄せておられる」

「それは身代わりの娘や。こちらの御方が本当の那々姫様や」

「さて……それはどうじゃろうか」

年寄の落ちくぼんだ目が、不躾に茜を見据えた。「確かに似てはおられるが……」

言葉を切って目を逸らし、かすかに笑った。茜を本物の姫と認める気はないのだと、その態度が語っている。

茜は唇を噛んだ。

こんなはずではなかったとの思いと裏腹に、こうなることも覚悟していた気がする。茜自身、本当に己が那々姫であると、一片の迷いもなく言い切れるわけではないのだ。

だが、それを面に出すわけにはいかなかった。

「お前が信じるか否かはどうでもいいこと。けれど、私は間違いなく豊臣秀頼の娘。お前の名を聞かせなさい」

茜は正面から相手を見返した。六兵衛が心配そうに、そして甲斐は面白がるような顔で、事のなりゆきを見守っている。ここで茜自身が惑いを見せることはできない。

ほう、と年寄はつぶやいた。茜の凛とした声音が意外だったようだ。しばしの思案を置いて、

「……これは失礼。拙者、備前の明石掃部全登にございます」

茜が予想していた通りの名を、年寄は口にした。大坂の陣で真田幸村と並んで戦場を駆けた勇将が、今は色あせた衣を着た年寄になって、村に隠れ住んでいた。むろんのこと、零落《れいらく》ぶりでいえば茜とて人のことは言えない。城の奥で贅沢《ぜいたく》な衣をまとい蝶よ花よと育てられた姫が、泥にまみれ血を浴びても生き抜ける娘になったのだから。だが、豊家ゆかりの者の落ちぶれた様を目の当たりにするのは、どうにも惨めな気持ちになるものだ。

「明石――あの吉利支丹武将か」

甲斐が驚いたようにつぶやいた。

「戦のあと、あちこちを転々としておりましたが、二年ほど前にこの村に流れ着きました。いつのまにか、同じ信仰を持つ者も集まって参りましてな。みな、徳川の目から逃れ、密かに生きております」

明石掃部がやや丁寧な口調になったのは、茜が本物の姫であるかもしれないとの動揺が生まれたからだ。茜はそう思ったのだが、明石掃部はすぐに言い足した。

「それで茜殿、真田左衛門佐《さえもんのすけ》殿の御子息は、いずこに？」

「大助は……ここにはいないわ」

「おや。お側に付き従っていると聞いたのですがな。あの誇り高い真田の嫡男が、戦場で討ち死にせずに逃げ延びたと聞いたときには驚きましたが、それが事実《まこと》であればぜひ話をしたい。今日は姫様の身代わりの娘御よりは、左衛門佐殿の御子息にお会いしたいと思ってまいったのだ」

「私は身代わりではないわ」

さすがに憤然と、茜は言い返したのだが、

「もしも茜殿こそが本物と言うのであれば、証拠を見せて頂きたい」

茜の言葉を遮って、明石は言った。

「証拠……」

「いかにも。証拠がおありのはずだ」

茜の言葉に、明石はうなずいた。

「それも無しに、ただ淀の方様と似ているお顔だけで、本物の那々姫だと言われるのですかな。それでは……」

明石はまた、含み笑いをした。

茜は思わず懐に手をあてた。そこに、母から渡された守り袋がある。それを見せれば、あるいは本物だとの証になるのかもしれない。だが、誰にも見せるなと言われた品である。ここには大勢の目がある。明石や六兵衛たちだけならまだしも、甲斐の目までさらすのには抵抗があった。

「そんなものは……ないわ」

「ほう……何もない、と？」

「何もなくとも、私の体に流れる血は、間違いなく豊臣家のもの」

「だが、今のあなたにはそれを証《あか》す術は何もない。付き従っていたはずの真田大助殿もいない」

「ならば訊くけれど、天秀尼はその証を持っていたの？」

「ええ、もちろん。国松丸様からの文を」

「国松丸はどちらが本物の姉か知らないだけだわ。落城の折りに同じ舟に乗ったはずなのに、はぐれてしまったのだもの」

「だとしても、どちらの姫が本物か判るのは国松丸様だけ。ゆえに、我らはそれを信じるだけ」

明石掃部がずばりと言い切り、茜は絶句した。落城の折りにたった七つだった幼子の判断に、すべてゆだねるというのか。本心だとはとても思えなかった。しかも、国松丸は、あれ以降、茜とは顔を合わせていないのだ。どちらが本物か見分けられたとしても、天秀尼と茜、二人を見比べてからでなければ無理ではないのか。

だが、一方で、明石の言葉の正しさも茜には判るのだ。今の豊家の当主は国松丸。その言葉は絶対であるはずだ。それに、大助も言っていたではないか。国松丸は聡明な子だった、本物の姉姫が誰なのか、見分けることができるはずだ——と。

そういえば、国松丸もここにいるのだろうか。明石掃部の元に、身を寄せているのだろうか……。

「なるほど、これは面白い」

声が割り込んだ。甲斐であった。

「豊家の主従は、互いが本物か偽物かも判らんらしい。主従の忠誠など、やはりむなしいものやな」

「本物かどうか判らぬのはそちらの娘御だけ。私にはちゃんと仕えるべき主君はいるのじゃが――さて……」

明石掃部はそこで初めて、甲斐に目を向けた。それまで、茜の従者だと思いこんでいたようで、意表を突かれたような顔をしている。

「貴殿はいったい……？」

明石は警戒をあらわにしながら言った。明石の左右に控える二人も、どことなしに身構える。

甲斐は腕組みをしたまま、余裕を見せた態度で目の前の者たちを眺め、言った。

「名は、甲斐。〈在天別流《べつりゅう》〉の者や」

「〈在天別流〉………」

聞き慣れぬその言葉を、茜は鸚鵡返しに聞き返したが、そのときには明石掃部の表情は一変していた。

「なんと――これは……」

驚愕《きょうがく》をあらわにしたあと、強張った顔で絶句する。茜は、その明石の反応に驚いた。何がそれほどに明石を驚愕させるのか。

甲斐はそんな明石を見据えながら、にやりと笑う。

明石は顔を歪《ゆが》め、呻いた。

「まだ生き残っておったか、四天王寺に巣くう忍びども……しかし、あの戦の折りに我らの軍勢に蹴散らされたはず」

「笑わせるな。我らは千年前からこの町にいる。大坂の町はもともと我らのもの。武家なんぞがどれだけのさばろうと、それはうわべだけのこと。豊臣であろうと、徳川であろうと、この町を本当に手中に収めることはできん。町を守るのは我らの務め。千年前から未来永劫《えいごう》、変わることはない」

「……」

〈四天王寺に巣くう忍び――〉

茜は明石の言葉を口のなかで繰り返した。その寺の名は、先ほども甲斐から聞いた。〈在天〉とは、では、四天王寺に在るとでもいう意味か。しかし、古い寺院とはいえ、四天王寺が忍び者まで抱えているとは聞いたことがなかった。

明石は歪んだままの顔で言った。

「しかし、なぜ、〈在天〉が、この身代わりの娘と一緒に……」

「天秀尼がこの辺りに隠れているとの話を聞いてな。捕らえるために辺りを探っていたら、身代わりだか本物だか判らんこの娘を先に見つけたというわけや。名高い吉利支丹の武将に、鎌倉から逃げてきた天秀尼、さらには生きているとの噂が根強い豊家の嫡子国松丸――すべて揃っているとは幸運やった」

「国松丸様は……ここにはおられぬぞ。我らとて、まだお会いしたことはない」

明石は苦悶《くもん》の表情で言った。迂闊に国松丸のことまで口にしたことを悔いているようだ。

「なら、どこにいる」

「知らぬ」

「なるほど。……まあいい。今はまず、姫君に関わることを教えてもらおうか。豊家の隠し金のありか。天秀尼はそれを知っていたのかどうか。それによって、どちらの娘が本物の姫かも判る」

「隠し金？」

明石掃部は眉をひそめた。

何を言い出したのかと探るように甲斐を眺め――それから、はっとなって茜に目を向けた。

「かつて大坂城にて耳にはした――だが、まさか……その話が本当であったと？」

驚愕の表情は芝居には見えなかった。

明石掃部は知らないのだ。甲斐や初瀬の方が知っていた隠し金のことを、何も。

そのことに、茜は驚き——同時に失望した。茜は何よりその話を知りたかったのだ。

「間違いはない」

答えたのは甲斐だった。

「いや、しかし、そのような話が真実《まこと》であるはずが……」

「秀頼は戦の前に真田の忍びを使って城から金を運び出させた。山に隠す作業をしたのは町から連れ出された罪もない者たち。みな、口封じのために殺された。真田の忍びは金を隠す現場には立ち会わせなかった——秀頼は真田すら、心底から信じてなかった。ましてや、吉利支丹の貴様なんぞを信頼していたはずがない。聞かされていないのも当然のこと」

「まさか、いや、しかし……」

同じ言葉を、明石は繰り返す。それだけ狼狽しているのだ。茜は老武将のその様子を、困惑をもって眺めた。

明石の驚きは、甲斐の言葉を半ばは真《ま》に受けているからだ。はなから笑い飛ばすということを、明石はしなかった。それはなぜなのか……。

「〈在天〉の言うことであれば、嘘とも言いきれん……」

明石は驚愕を浮かべたままの眼差しで、もう一度茜を見た。「だとしたら、まさか、幸村殿が落城の折りに豊家を裏切り、国松丸様を捨てて姫だけを連れ出したとの話も……」

明石の言葉は、あのときの母の言葉と同じように茜の胸に刺さった。

真田は裏切り者――初瀬の方と同じ言葉を、豊家の忠臣で真田の戦友でもあった明石掃部までもが口にする。その事実には、さすがに茜も身が震えた。大助を疑うことはすまいと先ほど心に決めたのに、またも、気持ちが揺れそうになる。

「いや、しかし、そのようなことはありえん。真田殿は、豊家の忠臣――」

甲斐はしばし、狼狽する明石の様子を眺めていたが、

「ふん……どうやら、その様子では、吉利支丹どもが天秀尼から隠し金のことを聞き出したわけでもなさそうやな。ことをすべて知っているのは真田大助だけか。奴は今、どこにいる？」

甲斐の問いは茜に向けられたものだ。茜は首を振った。知らないという意味だったが、甲斐は別の意味に受けとったようだ。

「ここにいないのは判っている。だが、奴がお前を放っておくとは思えん。なぜ、今日、お前とともに来なかった？」

「……知らないわ」

茜が答えると、甲斐の顔に訝りの色が浮かんだ。

「真田殿が何らかの目論見のもとに付き従っていたということは、やはり本物の姫は……」

困惑の滲む声を出した明石の目には、先ほどとは明らかに違う色が見えていた。茜のことを、本物かもしれぬと迷い始めている。

しかし、やはり、明石をそれほど動揺させているのが甲斐の言葉だということが、茜には不思議に思われた。

明石掃部は、茜自身や六兵衛の言葉にはいっさい耳を傾けなかった。

しかし、甲斐――いや、〈在天〉とやらの言葉は、その頑固な老武将を惑わせる力を持っているのだ。

(判らないことが多すぎる)

混乱しそうな頭を、茜は精一杯冷静に保とうとした。誰を信じていいのか、何を選んだらいいのか。豊家の姫として、決して間違ってはならないのだ。

互いが互いを探り合うような沈黙のあと、甲斐が言った。

「いずれにしろ、おれの知りたかったことは判った。本物の姫君は、隠し金の秘密を知っていた真田が連れ出した娘――つまり、今、目の前にいる、お前ということになる」

甲斐はまっすぐに茜を見ていた。

「私が、本物の那々姫……」

そう認めて欲しい、誰かに確信を持って断言してもらいたい——母の死んだあの日以来、茜はそう思い続けてきた。今、茜の望む言葉をくれたのが、豊家を憎む素性の知れぬ男であることが、皮肉に思われた。

「となれば、老いぼれの吉利支丹にこれ以上用はない。年寄を殺すのは寝覚めが悪いが、それだけ生きれば充分やろ。覚悟せえ」

そう言い放ち、甲斐は刀に手をかけた。

茜ははっと息を呑み、明石の左右にいた二人が慌てて身構えた。

「お館さま、お下がりください」

「……いや、お前たちこそ下がっておれ」

明石は一瞬の沈黙のあと、ひとつ大きく息をつき、言った。

「この男が本当に〈在天〉の者であれば、お前らでは敵うまい。卑しき身分でありながら大坂に古くから棲み、嘘か真か知らぬが、難波宮にて帝の命を受けた町の守り手などと称する不遜《ふそん》な輩《やから》——しかし、太閤殿下も右府様も、つねに警戒しておられた。正体が何であるにせよ、四天王寺に千年たくわえられた力は見かけ倒しではない。織田を十年手こずらせた大坂本願寺との戦の際にも、裏に〈在天〉がいたと聞く。大坂の闇に千年潜む、蹴散らそうにも蹴散らせぬ輩だ……実際、あの戦を経ても、こうしてしぶとく生き延びている。まるで闇にひそむ鼠《ねずみ》がごときしぶとさよ。のう、そうではないか？」

挑発するように明石は言ったが、甲斐は応えなかった。力では圧倒的に甲斐に利がある。ゆえに相手にしていない。

「――儂ももう老いぼれた。刀で勝とうとは思わん。だが、相手が〈在天〉となれば他のやり方がある。甲斐といったな。どうだ、我らと取引をする気はないか」

「取引？」

馬鹿にしたような声で、甲斐は言った。

「その通り。〈在天〉の者はもともと異国より渡来した民。古来より異国との商いに通じ、その武器をもって力を得ていると聞く。だが、今は徳川の目も厳しく、異国との取引も容易ではなかろう。ことに武器の取引は三年前より堅く禁じられたゆえ、な。じゃが、我らはそれを手伝うことができる」

「なるほど――吉利支丹ゆえに異国との伝手もある、と」

「その通り。我らがこのような辺鄙《へんぴ》な村に住み続けているのも、それゆえのこと。ここは湊に近いのでな」

「隠し商いにはもってこい、というわけか……」

甲斐はつぶやいた。手にした縄摽に目を落とす。それも異国の武器だ。

眉根を寄せ、思案しているように見えた甲斐であったが、しばしの沈黙のあと、鋭い目を向けた。

「そんな取引に〈在天〉が乗ると思うか？　確かに我らは異国と商いをし、武器も仕入れる。だが、それは我らが古くから培ってきた繋がりがあってのこと。それこそが、海の都として生を受けた大坂の町の正しい姿と信じるゆえのこと。吉利支丹のように、異国の手先となって町を乱す者とはわけが違う」

「さて、吉利支丹が異国の手先などと、そんなくだらぬ言い様を、異国に縁の深い〈在天〉までが信じているとは思わぬが」

「……五月蠅《うるさ》い」

甲斐がすらりと刀を抜いた。

「今の話を聞いて、余計に貴様らを見逃せんようになった。〈在天〉への侮辱をおれは許さん。名に聞こえた武将ゆえ、敬意を払って腹を斬らせてやってもいいと思ったが、吉利支丹は自害はせんと聞く。ひと思いに、首をはねてやる。戦で殺した大勢の民に冥土《めいど》で謝れ」

「やめて」

茜は思わず、甲斐の前に立ちはだかった。

「待って。なんのために殺すの。相手は丸腰の年寄なのよ」

「かつての猛将を年寄呼ばわりか。なかなか残酷な姫君やな」

だが確かにその通り――と甲斐は嗤《わら》った。それから、すっと目を細め、

「どけ。斬るぞ」

「いいえ。どかないわ」

茜は甲斐を正面から見返した。

「この者は私の父の家臣。その家臣が殺されるのを、黙って見ているわけにはいかない」

「家臣のほうは、未だにお前が本物かどうか、疑っているようやがな」

甲斐の言葉は、真実であろう。それは茜にも判った。甲斐は茜を本物だと断定したが、明石はまだ迷っている。いや、天秀尼のほうに、まだ気持ちは傾いている。そうでなければ、抜き身の刀の前に身をさらす茜を、黙って見ていたりはしないだろう。

「どう思われてもかまわない。私は真実、豊家の娘。豊家の家臣を守るのは私の務め。お前の目的が私なのであれば、私を連れて行けばいい。でも、この者たちを殺す理由はないはずだわ。この者はなんの力も持たない年寄。そして、この者たちが守る天秀尼は、ただ

の身代わりなのだもの」

「おやめなされ、茜殿」

後ろから、ようやく明石の声がした。「貴女がそのようなことをされる必要はない。儂らがここで死ぬことになれば、それはそれでいい。ただし、仲間たちはその間に逃げてくれるはず。天秀尼様もな」

明石の言葉は、茜には予想通りだった。この期に及んでも、茜を姫とは呼ばない。認めようとしない。だが、それでいいのだ。余計な血を流さなくてすむのなら。

「これは面白い。主家の姫が命をかけて庇《かば》おうとしているというのに、その背中に庇われた老人は、まだ姫とは認めんという。お前は、本気でそんな家臣を守るのか？」

「ええ、そうよ」

甲斐の挑発的な物言いにも、茜は怯《ひる》まなかった。

豊家の姫として誇りのある行いをしなければ――その矜持は、皮肉なことに、甲斐自身が茜こそ本物と認めたことで、強くなっていた。

むしろ、これほどに、己の受け継いだ血の誇りを強く感じたことはなかったかもしれない。この身に流れるのは、間違いなく天下人の血。これまでは、大助の庇護の元で、ただ家臣に頼って生きてきた。しかし、今は違う。命の危機にある家臣たちを、茜が救わなければならないのだ。明石にしろ、傷を負った才蔵にしろ、茜が助けねばならぬ者たちなのだ。

「どう思われようと、私は豊家の娘。豊家が憎いのであれば、私がその恨みをこの身に受けるわ。この者たちを斬る前に、私を斬りなさい」

本当に斬ることはありえない。そうと判っての挑発である。甲斐にも、それは伝わったようで、忌々《いまいま》しげに舌打ちした。

「茜殿……」

困惑した明石の声を、茜は無視した。

甲斐はなお黙っている。

どう出るつもりか——さらに口を開こうとして、茜ははっとなった。川のほうに気配がある。舟が近づいてくるような、水面の乱れる音がする。

誰なのか、判らない。茜の味方である可能性は低いが、もしや大助では……。

「——判った」

甲斐がいきなり口を開いた。

「おもろい見世物を楽しませてもろた礼や。この場はおさめてやる」

そう言った甲斐が、舟の気配に気づいているのかどうかは判らない。いや、おそらく気づいている。茜には、そう思われた。だからこそ、いきなり刀を退く気になったに違いない。あるいは、今度こそ徳川の役人かもしれない。

「明石掃部」

甲斐が、茜の肩越しに老人を呼んだ。

「ここはいったん退く。ただし、命が惜しくば、我らの目に入らぬところに消え失せろ。仲間を連れてな。それから、茜は連れて行く。お前はこの娘を本物の姫とは認めなかった。ならば、〈在天〉が手中におさめても文句はないはずやな」

「……それは……」

明石の声のなかにかすかな迷いがあるのを茜は感じた。それで充分であった。

「行きなさい」

茜は振り返り、明石に言った。

「私のことは心配しなくていい。いずれ、大助が助けに来てくれる。だから、行きなさい。ここまで生き延びた命を大事になさい、そして、天秀尼殿に伝えて。今までありがとう、これからは本当の自分に戻って、己の人生を生きなさい、と」

それは茜自身が母から言われた言葉であった。だが、はたして天秀尼がその言葉に従うであろうか。彼女もまた、己こそが天下人の姫と信じているはずなのだ。

「……茜殿」

明石は最後まで、茜を姫とは呼ばなかった。名を呼んだあとも何も言わず、しばし、その場にたたずんでいたが、やがて黙って踵を返した。

そのままゆっくりと、去っていく。仲間もあとに続いた。

葭の茂みの向こうに消える前に、明石はもう一度、ためらいを残した目で茜を見た。

が、それだけだった。

「命を大事に——か。しかし、豊家残党と吉利支丹の集まりが、この先どれだけ生き延びられるものか。徳川の目はもう、そこまで来てる。おれが手にかけずとも、じきに皆殺しになる。九条村自体も、謀反人を匿ったとして責めを負わせられる……」

つぶやくような甲斐の言葉に、茜はそこではっとなった。

「まさか、お前、明石たちを仲間の元に返しておいて、後を付けて皆殺しにするつもりなの？　近づいてきた気配がお前の仲間のものだとしたら……」

取り返しのつかないことをしたかもしれない、と茜は青ざめたのだが、ふんと甲斐は嗤った。

「あの気配に気づくとは、たいしたものやな、姫君。——豊家残党は別やが、吉利支丹を狩る気はない。ましてて、異国との繫がりを持った者であればな……異国を徒に恐れ、海を封じ民を閉じ込めようとする馬鹿どもよりは、よほどいい」

応えた甲斐の顔は、存外に真剣なものである。

「お前……いったい何者なの。〈在天〉て……」

「〈在天〉は大坂の守り手。古より密かに大坂を守護し続けた闇の一族」

当然のことのように、さらりと甲斐は言った。だが、茜にはそれが真実とはとても思えなかった。

「馬鹿馬鹿しい……古よりと言っても、そもそも大坂本願寺が寺内町を造るまで、大坂はただの狐狸《こり》の住処だったはず……」

「大坂は豊家が造った町——どうでもそう信じたいか、成り上がりの豊臣家は」

「そうではないとでもいうの？」

茜の問いを、甲斐は無視した。

それから、甲斐は改めて茜を見直すと、

「——とりあえずは、おとなしくついてきてもらうとするか。その前に、その死にかけの真田の忍びの始末を……」

「才蔵を殺さないで」

甲斐の視線が動いたのを察して、茜は言った。才蔵は出血のためか、気を失ったまま動かない。だが、まだ息はある。まだ助けられるはずなのだ。

「動くこともできない者を殺しても、何もならないでしょう。才蔵や六兵衛、甚八は町に返して」

「そっちの男どもは帰してやる。だが、忍びはだめだ。連れて行く」

甲斐の言葉に、六兵衛は何か反論しかけたが、茜が制した。連れて行くということは、殺す気はないということだ。今は、命が助かればいい。そうすれば、逃げ出す方法はきっと見つかる。

「慈悲深い姫様は、忍びの餓鬼にも情けをかけるらしい。そうと判れば、生かしておく意味はある。人質としてな」

「人質……」

「誇り高い姫様が、囚われの身を恥じて舌でも噛めば、その餓鬼も殺す。生きたまま土に埋めてな。おれの弟と同じように」

「私は自害などしないわ」

茜は強い口調で言った。甲斐の言葉が怨嗟《えんさ》に満ちていることは判る。その感情の闇が茜に向けられる理由も、正当なものなのかもしれない。

それでも、茜は言い放った。

「何があろうと生き延びてみせる。生き延びること——本物の豊家の血を後に繫ぐこと。それが私に課せられた、ただ一つの務めだもの」

四

甲斐が指笛で合図を送ると、じきに川岸のほうから葭の茂みを分けて三人が現れた。やはり、気配は甲斐の仲間のものだったのだ。

現れた者たちは、それぞれに素性のつかめぬ身なりをしていた。甲斐のように浪人者に見える若者が一人に、船乗りめいた日焼けした肌の中年男が一人。残る一人は若い女であった。茜よりいくつか年上であろうが、そう変わらない。町の物売り女のように髪を布でくるみ、麻の小袖を着ている。

三人とも、甲斐とは短い言葉しか交わさなかった。船乗りめいた中年男が才蔵を肩に担ぎ上げたとき、茜は思わず駆け寄ろうとした。

その腕を甲斐が掴み、近づくことはできなかったが、才蔵がかすかに呻いたのは聞こえた。

「才蔵、必ず迎えに行くわ。だから、馬鹿なことは考えないで」

茜の足手まといとなることを恥じ、自ら命を絶つのではと不安に思ったのだ。だが、一方で、才蔵ならばどんなことをしても生き延びるだろうと信じる気持ちもあった。真田の忍びは簡単には死なぬはずだ。

「甲斐、その娘、本当にあの店に……？」

若い女が甲斐の前で足を止め、ちらりと茜を見て言った。

甲斐がああとうなずくと、女は不満げに顔をしかめる。気の強そうな顔立ちだ。

「甲斐がそこまでして目をかけるほど、価値のある商人ならええのやけど……」

一言だけ言い置くと、女はそのまま仲間たちと去っていった。

川岸で、気配は二つに分かれた。才蔵を乗せて舟で上流へ向かう者と、さらに下流に向かう者。下流へは、明石たちを乗せた舟が先に行っている。後を追うのかもしれない。

吉利支丹狩りはしない――そう言った甲斐の言葉を信じ、茜は明石たちの無事を祈った。

さて――と甲斐が残された六兵衛に向き直った。

「お前さんは、好きにせえ。大事な姫君が攫われたと役人に訴える――わけにもいかんやろうがな」

「儂も茜様についていく」

「阿呆か」

決意を込めたような六兵衛の言葉を、甲斐は一蹴した。

「六兵衛、私のことは心配いらないから。家に帰って」

茜は精一杯落ち着いた声を出した。一人になることに不安はある。だが、六兵衛が一緒に来ても仕方がない。それよりも、十六夜屋に帰ってくれたほうがいい。十六夜屋には、もしかしたら、大助が帰ってきているかもしれない。

「姫様もこう言うてることや。おとなしゅう帰れ。そして、真田大助に伝えろ。姫様は〈在天別流〉が預かった、てな」

甲斐は茜の胸中を見抜いているようだった。

笑いを含んだような声で六兵衛に告げた。

「お前らが乗ってきた舟は使わせてもらう。歩いてでもなんでも市中に戻れ。この近くには吉利支丹探索で徳川の役人がうろついてるようや。せいぜい怪しまれんようにな」

そう言ったあと甲斐は茜に向き直る。

茜は機先を制して、甲斐に言った。

「お前に一つだけ礼を言うわ。私は本物に間違いない――そうと判ったのはお前の言葉のおかげだもの」

「真田大助も、お前が本物に間違いないとは言わなかったということか。奴が姿を見せないのも、それが理由か。見捨てられたか、姫君」

「――いいえ」

茜は首を振った。

大助は茜が本当の姫ではないと考えて去ったのかもしれない――茜自身、少し前まではそう思っていた。

だが、今は、そんな疑念は消えた。もう迷う必要はないと、思えるようになった。大助は、必ず茜のところに戻ってくる。

ここに来ることを選んでよかったのだと、茜は思っていた。

「大助は来るわ。必ず」

茜はそう言い、微笑した。


――同じ頃、茜と甲斐よりも一足先に場を離れた舟の上でのことである。

棹を操る中年男がふと、訝り顔で川岸を見た。舟には傷を負った才蔵が横たえられている。忍びだというので、念のために腕と足は縄で縛った。

川岸は葭の茂みが続くだけで、人家はもちろん、人の歩く道すら近くにはない。そのはずだったのだが、男は茂みのなかに、何か光を見たような気がしたのだ。

男が舟を止めたのは、その光が、刀身に跳ね返った日光ではないかと考えたからだ。誰かがそこに潜んでいるのかもしれない。

むろん、そのまま行きすぎてもよかった。男の舟には人質の忍びが乗っている。まだ息があるうちに、隠れ家に運ばなければならない。寄り道をしている暇はない。

しかし、男が気にしたのは、さほど間をおかずに同じ川をさかのぼってくるはずの、甲斐のことだった。甲斐は、豊家の姫とおぼしき女を連れている。女自身はさほど警戒する必要はなかろうが、その仲間が姫を取り戻そうと隠れているのだとしたら、見逃せない。

男も、甲斐の腕は知っている。ゆえに、心配することもなかろうとは思ったが、同時に、念のためという言葉も脳裏をよぎった。

甲斐は同じ一族の者であり、男の敬愛する頭目の、養い子でもある。戦いのなかで頭目に拾われた子だった。そのときに真田の忍びに襲われて命を落とした仲間の名をもらい、拾われ子は甲斐と呼ばれるようになった。

血の絆を重視する一族にあって、どこの馬の骨か判らぬ子など、通常、あまり歓迎されない。

だが、甲斐は仲間たちに可愛がられた。親兄弟の仇を討たんと心に誓い武芸に打ち込む健気《けなげ》さにはみなが感心したし、命の恩人である頭目への絶対的な忠誠心には、一族の老分衆も安堵した。

甲斐は、頭目の養子という立場にあぐらをかくこともない。同い年の実子を常に兄と立て、頭目と一族のために命をかけて尽くそうとする姿には、みなが感心していた。

ただ一つ、仇敵を追う頑なさと、それゆえの視野の狭さだけは少々厄介であったが、それが甲斐をここまでの腕利きに育てたのであれば、仕方のないことでもある。

男もまた、甲斐のことを幼いときから見てきたのだ。その甲斐が、ようやく仇のところにたどりついたのであれば、手助けしてやりたい気持ちはある。

今、甲斐の手を患《わずら》わせるような芽は、早めに摘んでおいたほうがいい。

男はそう考え、光の見えたほうへと舟を寄せた。棹を操り、岸へ着ける。光はまだ、見えている。

男は油断なく身構え、葭の茂みをわけて岸へ降りた。

——その瞬間だった。

横合いから、いきなり人影が現れた。

「わっ」

叫んだ直後に、男ののど笛は鋭い刃物でかききられていた。まったく気配を感じさせずに飛びかかってきた長身の影は、素手で男を襲ったように見えたが、実際には、手に握った角手《かくて》という仕込み武器で狙ったのだ。鋼の刃が、手のひらに握り混む形で仕込まれている。

あの光は罠か――男は地面に突っ伏しながらようやく気づいた。迂闊だったと悔やむ時間も、男には残されていなかった。

せめて、自分を殺したのが誰なのか確かめようと、男は懸命に顔を向けた。

長身の武士だった。冷たく整った顔立ちに見覚えはない。いや、遠い昔にどこかで見たことがあるかもしれない。そうだ、あの戦場で、赤い鎧を着ていた……あの堂々たる武将の……。

男の命はそこまでだった。

ことされ、亡骸となった男を、長身の武士はもう一顧だにしなかった。

すばやく舟に乗り込み、横たえられたままの才蔵の傍らに膝をつく。角手の刃で縄を切り捨て、脈をとり、顔をしかめた。が、すぐに棹を手に舟を漕ぎ始めた。

一連の気配は、遠のいていた才蔵の意識を一瞬だけ呼び戻した。

うすく目をあけた才蔵は、そこに見慣れた姿を見た。まさか、との思いと、やはり、との思いが交差する。このひとがあの美しい姫を置いてどこかに行ってしまうはずがなかった。必ず戻ってくると、信じていた。

「大助様……茜様が……」

才蔵が言葉に出来たのはそれだけだった。

大助が振り返った。そのことに安心した瞬間、ふと目の前が暗くなった。

まだ伝えねばならぬことがある。そう思いながらも、才蔵の意識は再び闇へと、吸い込まれていった。大助ならば、今すぐに茜を助けに行ってくれるはずだ。そう安堵したからかもしれない。

五

甲斐は自ら舟を漕ぎ、茜を乗せて、大川を進んだ。茜から小太刀は取り上げたが、手足を縛ったり目隠しをしたりはいっさいしなかった。

茜には、少々意外であった。以前に鴻池屋で会ったときには、甲斐は茜が懐に隠し持った鉛玉や菱《ひし》の実などの忍び武器まで探り、取り上げたというのに、それもしなかったのだ。

茜には逃げられまいと考えているのだ。確かに、実力の差も歴然としているうえ、才蔵を人質にとられているのだから、茜は甲斐の言いなりになるしかない。

舟が市中に戻る間、甲斐は何も話さなかった。茜も黙ったままであった。舟はそのまま、ゆっくりと大川をさかのぼり、特に何かに妨げられることもなく、市中に入った。

大川から東横堀川に入り、道頓堀川が見えてきたあたりで舟は止まった。

茜は甲斐に促されるまま、自らの足で舟を降りた。

そのまま、甲斐は特に辺りを警戒する様子もなく、茜を連れて往来を歩いた。

足を止めたのは、古びた小さな仕舞《しも》た屋だった。場所は、内久宝寺町の鴻池屋からわずかに南に下ったあたりか。

そこでようやく、甲斐は口を開いた。

「この家はな。半月前にはある女が住んでいた」

「ある女？」

聞き返し、甲斐の意味ありげな表情を見たとき、茜ははっとなった。

「もしかして、母上が……」

「ああ」

茜の母初瀬の方は、天秀尼を連れて大坂に来たあと、鴻池屋新六の元にいた。脅され囚われていたのか、自らの意思であったのか、茜は知らない。

だが、なんとかして再会をと茜は願い、瓦町の仕舞た屋にいるらしいと、才蔵が突き止めてくれたのだ。その後、再会は叶ったが、初瀬の方は死んだ。

茜は人気《ひとけ》のない家に、先に立って足を踏み入れた。

がらんとして、埃《ほこり》っぽい。一月の間、空き家であったようだ。

「……まあ、お前も、ここに長く留まることにはならんやろ」

甲斐の言葉の意味を深く考えることはせず、茜は引き寄せられるように部屋に上がった。

しばらく前まで人が住んでいたからか、荒れた雰囲気はない。

奥の部屋に入ったところで、茜は思わず足を止めた。

一坪足らずの狭い庭に面した座敷である。殺風景な部屋を包み込む雅な甘い香《かおり》――それは茜には、ひどく懐かしい香だった。

間違いない。それは、遠い昔、まだ城にいた頃、母の膝に甘えてすがったときの香だ。

「母上……」

茜はつぶやき、部屋を隅々まで見渡した。どこかに母の名残があるのではないかと思ったのだ。

だが、部屋には何もない。

いや——片隅に残された手文庫の上に、香炉があった。歩み寄り、膝をついて、茜は香炉を手にとった。香がいちだんと強く茜を包み込む。母に抱かれているようだと茜は目を閉じた。胸が詰まるようだった。

甲斐はしばし、じっと動かぬ茜を部屋の入り口で見ていたが、やがて踵を返してどこかに消えた。家のなかにいるのか、外へ出て行ったのか、判らない。茜にはどうでもいいことでもあった。

このわずかな時間が母との最後のひとときになると、茜には判っていた。むろんのこと、母はすでにこの世にはいない。一月前にはここにいたが、その後、茜の目の前で自ら命を絶った。死ぬ前に、茜を我が娘ではないといい、茜が誰よりも信じていたひとを、裏切り者と罵《ののし》って死んだ。

どうしてそんなことを言ったのか。茜に何を伝えたかったのか。もう一度会って話したい。しかし、それは永遠に叶わぬことだ。

茜は懐に隠した守り袋を、着物の上からそっと押さえた。母の思いはここに預かっているが、茜はそれをどうすればいいのか、まだ判らずにいる。

判っていることは、ただ一つだ。

（母上……私は——）

あのひとを信じます、と茜は胸の内でつぶやいた。

茜が選んだ答えに、母は失望するかもしれない。母の思いを踏みにじっているのかもしれない。だが、茜にはどうしても譲れないものがある。

ずっと——もうずっと、茜にとっては誰よりも大事な存在が、大助だった。主従という一線を越えた想いだと、気づいたのはいつだろう。それすら、もう判らない。主である自分がいかに恋い慕っても、大助には届かないのかもしれない。大助にとって茜は、仕えるべき主家の姫でしかないのかもしれない。

それでも、この恋は、決して捨てられない。他の何を捨てても、この恋だけは手放すことができない。たとえ母に背くことになっても。

茜は目を閉じ、そっと、そのひとの名を呼んだ。

どのくらい、その部屋に一人でいたのか。

いつのまにか、座敷は薄暗くなりかけていた。外は火灯し頃である。甲斐の気配はまわりにはない。

代わりに、誰かが家に入ってくるのに茜が気づいた。

ためらいがちな足取りに覚えがある。誰のものだったか……。

「茜はん……」

聞き覚えのある声とともに、茜の前に現れたのは、一人の町娘だった。仕立ての良い木綿の小袖を着、髪には紅い櫛《くし》をさしている。

「あなた、鴻池の……」

「お龍です、茜はん」

控えめな声で、娘は言った。

鴻池の娘お龍のことは、茜はもちろん覚えている。いろんな意味で、因縁のある娘であった。そういえば、ここは鴻池の持っている家なのだ。

「茜はんがここにいるて、さっき甲斐から知らせがきたから……話をしたくて」

部屋の入り口で遠慮がちにしているお龍は、以前と印象が違った。

初めて会ったときのお龍は、初対面だというのに親しげにぽんぽんと言葉を発し、やけに馴れ馴れしい娘だった。男かと見紛うような地味な小袖を着て、船乗り相手に威勢のいい口をきいていた。今のお龍とは別人のようである。

訝る気持ちが茜の顔に出ていたのか、お龍は困ったように笑った。

「なんや……茜はんがどういうひとか甲斐から聞いてしもたら、どんなふうに話してええのかよう判らんようになってしもて。お姫様みたいに綺麗なひとやとは思うたけど、まさか、本物のお姫様、しかも、あの太閤さんの孫娘やとは思わんかった」

「……そう」

茜の素性は、甲斐が話したのだろう。どう接していいか判らないのは、茜も同じだった。こんな出逢いでなければ仲良くなりたかった――お龍は以前に会ったときにそう言った。だが、さすがに茜の正体を知っては、そうも言えないのだろう。寂しい気もしたが、仕方のないことだ。

「それで、甲斐は？　どこにいるの？」

「そのへんにはいると思うけど……」

お龍の言葉はまだ歯切れが悪い。

茜は改めて、お龍に向かい合い、頭を下げた。

「こうしてもう一度会うことにはなったけれど……あのとき逃がしてもらったことには感謝しているわ。それに、徳川の世では大罪人の身であると黙っていたことは、謝らなければ」

「……顔だけ似てる別人ならよかったのに」

そう言ったお龍の言葉は本心であろう。自分こそが本物だと主張してきた茜であったが、なぜかこのときは、素直にうなずいていた。

「そうね。自分が偽物かもしれないと思うと怖くて仕方がなかったこともあるけれど、今は、もしそうだったらよかったとも思うわ。そうしたら……こんなことにならなかったのに」

「何か、うちにできること、あらへんやろか？」

真剣な顔で、お龍は言った。「もちろんたいしたことはできひんけど、それでも……」

何もないわ――と、茜は首を振った。

以前に鴻池屋に囚われていたときも、お龍は何度も茜にそう言った。口ばかりで何もできない町娘の言うことを、茜は真剣にとりあわなかった。今にして思えば、お龍はお龍で、真摯《しんし》に茜のことを思ってくれていたのだ。口だけの娘でないことも、今の茜は知っている。

だが、今度はいくらお龍でも、茜を逃がしたりはしないだろう。鴻池屋の用心棒がせっかくとらえてきたのだから。

それに、あのときは、罪のない娘を揉《も》め事に巻き込みたくないと思ったからこそ、お龍は親に逆らって無茶をしたのだ。茜の素性を知った今となっては、気持ちも変わっていよう。

お龍はしばし黙ったままだったが、茜の手元に香炉があるのを見つけ、表情を揺らした。

「うち、茜はんのお母さんと話したんよ」

お龍が言った。

茜が驚いた顔をすると、お龍の顔には切なげな笑みが浮かんだ。

「ほんの少しやけど。綺麗で――天女様みたいなひとやった。初瀬様、茜はんに会うために大坂に来たて言うてた」

「母上が、本当にそんなことを……？」

茜は思わずお龍に聞き返した。うん、とお龍はうなずいた。

「茜はんのことやとはっきり聞いたわけとは違うけど、きっとそうなんやろなと後から思たんや。一緒に大坂に来た尼さんと別れて、うちのお父ちゃんのところに留まったのも、会いたいひとがいたからや、て。それで……茜はんに会えたさかい、もう思い残すことはなかったんかな、て……」

お龍は初瀬の方の最期を思い出したのか、うつむいた。初瀬の方が自害したとき、お龍もそばにいたのだ。

茜も、忘れたいと思っていたその日の情景を思い浮かべた。お龍の言う通り、確かに母は、茜に会いたかったと言った。伝えたいことがあった、と。

その後に伝えられた言葉のせいで茜は狼狽してしまったが、しかし、「お前に会いたかった」との言葉は、確かに母の口から出たものであった。

「辛い思い、たくさんしてきたのやろな、茜はんも、初瀬様も」

お龍になど何も判りはしない――そう思う一方で、お龍の一言は茜の心に染みた。

「ごめんな、茜はん。うちはそれでも茜はんのこと……御公儀に引き渡すことになる。茜はんには仇になる相手やと判ってるけど、そうせんと、お父ちゃんが牢から帰ってこられへんから」

「公儀に――？」

苦しげに言い切ったお龍の言葉を、茜は思わず訊き直した。

公儀とは、徳川のことだ。しかし、甲斐は確か、四天王寺に連れて行くと言っていたはずだ。徳川とは違う、甲斐の仲間――正体の知れぬ〈在天〉とやらの元に引き渡されると思っていたのだが……。

「でも……甲斐はそうは言わなかったわ」

驚いて聞き返すと、お龍は強張った顔で続けた。

「甲斐が茜はんのこと、前から捜してたのは知ってる。豊家との間に因縁があることも……。けど、今の甲斐は鴻池屋の用心棒や。うちが頼んだから、こうして茜はんを連れてきてくれた。茜はんをうちに渡してほしい、お父ちゃんを助けるために茜はんを御公儀に差し出すことを判ってほしい、そう頼んだら、甲斐は、それでええ、って言うてくれた」

堪忍してと、お龍は茜の前に頭を下げた。

「うちは鴻池屋とお父ちゃんを助けたい。そやから、甲斐が茜はんを憎んでる気持ちを利用して捕まえてきてもろた。そのうえに、連れてきてもろた茜はんを甲斐から横取りするみたいにして、代わりにお父ちゃんを助けてもらおうとしてる。茜はんにも、甲斐にも、悪いと思てる。甲斐は判ってくれたけど……茜はんには許して欲しいとも言われへん。でも、お父ちゃんの命には替えられへん。ごめん。本当は茜はんや無うて、庚申丸の尼御前を捕まえられたらよかったんやけど……」

茜はしばし黙ったままで、頭を下げるお龍を見つめた。

お龍が謝ることではないと思う。鴻池屋は商人だ。徳川の世で生きる商人であれば、豊家の姫を見つけたなら、役人に突き出す。それは当たり前のことだ。ことに、父親の命がかかっているとなれば、仕方なかろう。茜の胸にはお龍への恨みはまるで生まれなかった。

（でも……）

甲斐が茜の身柄を手放したと聞いて、驚いていた。あれほどに豊家への憎悪をあらわにしていた男が、鴻池屋の娘に頼まれただけで、あっさりと他の者の手に渡すのか。そんなことで覆るほどの感情にも見えなかったというのに、それほど鴻池屋の娘は、甲斐にとって大きな存在なのか。それとも、他に何か理由があるのか……。

甲斐という男を読み間違えていたのか――茜は狼狽えていた。

（仇の手に落ちる……）

これまでに感じたことのないおぞましさが、体を駆け抜けた。父や祖母を殺した徳川――豊家を滅ぼし大坂の町を焼いた、鬼のような者たち。

その徳川の手の者は、茜を手中におさめたとき、何をしようとするのか。

茜の脳裏に、落城間際の大坂城で見た地獄絵がよみがえった。悲鳴をあげ逃げまどう者たち。悪鬼のような顔で襲いかかる武者。身ぐるみ剝がれ、なぶり殺しにされる男たちや、辱めを受ける女たち……。

嫌だ――と、茜は震えた。思わず自分の体を両手で抱きしめる。あんな目に遭うくらいなら自害したほうがましだ。

甲斐ならば――その正体は判らぬことばかりだが、少なくとも仇ではない。甲斐は豊家を恨んでいるが、茜は甲斐の一族とやらを知らない。ゆえに、何をされても――どんな屈辱を受けても、耐えられると思っていた。

だが、徳川は違う。父を、祖母を、大勢の家臣たちを、皆殺しにした。太閤秀吉の残した漆黒の城を、燃やし尽くした。許せぬ仇なのだ。

青ざめた茜の顔を、お龍は狼狽したように見ている。自分はそれほどに、ひどい表情をしているのだろうか。茜は何か言おうとしたが、唇が動かなかった。恐怖、憎しみ、絶望屈辱——さまざまな感情が胸の内にのしかかる。

さらに、茜は気づいた。

徳川に突き出されたら、何もかも取り上げられることになろう。母の守り袋も、茜の手には残るまい。母が形見として茜に託したものが、憎むべき徳川に奪われる。それだけは、茜には耐えられなかった。

長い沈黙があった。

「……頼みたいことがあるの」

なんとか自分を取り戻し、茜がお龍にそう切り出したとき、その声は震えていた。

これがはたして本当に正しい選択なのか、茜には自信はなかった。

だが、他にどうしようもない。茜には選べる道はないのだ。もうじき、茜は仇の手に落ちる。

「私が本当に徳川の手に引き渡されるのなら、その前にこれを……」

茜はそう言って、思い切って懐から守り袋を取り出した。戸惑うお龍の手をとってその手のひらに載せる。

「母が私に託したものなの。これを預かって欲しい」

「――そんな大事なもの……」

お龍は困惑している。戸惑いもあらわに、手の上の守り袋と茜の顔を交互に見た。

お願いします、と茜は頭を下げた。

「徳川の手に落ちるくらいならこの命を絶ってしまいたい――そう思う気持ちもあるけれど、でも、私にはそれはできない。どんなときでも生き延びることだけが私の務め。どんな屈辱にも耐えて生き残ることだけが私の使命。でも……それでも、母の形見を仇の手に奪われたくないの。あなたが持っているのが嫌なら、どこかに埋めてしまってもいい。でも――もしもできることなら、誰にも告げずに持っていて、いつか私を捜しに来たひとがいたら、渡して欲しい。私が母から預かったものだと告げて――大助に……」

そこで茜は声が詰まった。母が最後に過ごした部屋で、娘の自分は母の願いを踏みにじるようなことを言っている。母はあの守り袋を大助には決して見せるなと言ったのだ。だから、茜もそれに従うつもりだった。

しかし、このままでは母の思いは仇の手に奪われてしまう。それよりはずっといいと、母も判ってくれるのではないか。――いや、違う。結局、自分は母よりも、大助を選んだのだ。恋しい男を選んだのだ。

「大助って、あのお侍さんやろか。茜はんのこと、前も助けに来てた、すごく強くて、背が高くて、なんや身分のありそうな……」

お龍は一度ならず、大助とも顔を会わせているのだ。ええ、と茜はうなずいた。

「そのひとに。……――もしかして、私が本物の豊家の姫ではないと聞いて、それで大助が私の元から消えたのだとしたら、もう私を捜すことはしないのかもしれないけれど……」

「来ると思うわ」

お龍はやけに強い口調で言った。「きっと、茜はんを助けに来ると思う。――今、来られたら、うちは困るけど」

正直なお龍の答えに、茜はかすかに微笑んだ。裏表のない素直な娘だ。この娘であれば、もしかしたら本当に、茜の思いを大助に届けてくれるかもしれない。

「そうね。きっと来るわ。私の元から消えたのも、きっと何か理由があってのことだったはず。……大助が来たら、これを渡して、私は大助を信じていると伝えてほしいの。それだけで、いいから……」

震えそうになる声を、茜は必死で押し殺した。お願いしますと言って、茜はお龍の前に手をついた。

「茜はん……」

さすがにお龍はためらったが、手をつき頭を下げる茜に気圧されたように、最後には言った。

「判った。茜はんの大事なひとに、必ず渡す」

「ありがとう」

茜は手をついたままで言った。

大事なひと――とお龍は言った。茜の大助への気持ちを知っているわけでもなかろうにと思うと、不思議だった。

だが、間違いなく、お龍の言葉は茜の本心を言い当てている。大助は、茜にとって誰よりも大事なひとだ。

そのひとに、もう一度会うことはできるだろうか。このまま徳川の手に落ちたら、茜自身の命の保証はない。だとしたら、もう永遠に会えない。

ふいに茜は、涙があふれそうになるのを感じた。

もう会えない。伝えたいことを何一つ伝えないまま、永遠に会えない。そんなことを考えたことはなかった。

帰ってきてくれないのではないか――そう不安を抱いていたときでさえ、心の底では信じていたのだ。大助が茜を見捨てるはずがない、と。

泣いてはだめだ、と思った。

母を亡くしたあの日から、茜は一度も泣いたことがない。泣くまいと耐えてきたのだ。大助がいなくなったときも、泣かなかった。

だから、今、こんなところで泣いてはだめだ。茜は手をついたまま、目を閉じた。

と、お龍がためらいがちに近づいてきた。顔を上げてくれというように茜の指先に触れる。その手があたたかい。優しい手だ——そう思った瞬間、閉じたままの茜の目から、こらえきれず、涙がこぼれた。

六

日が暮れ、辺りの家にはすでに火が灯っている。

お龍は茜を部屋に残し、そっと襖《ふすま》を閉めて部屋を出た。

仕舞た屋には、初瀬の世話をしていた女中を伴ってきた。ほかに、手代頭の一蔵も見張り代わりに連れてきている。

あとのことを二人に頼むと、お龍は提灯を手に、仕舞た屋を出た。

すでに外は暗いが、寺嶋屋敷はここからほど近い。明るい通りを選べば、一人で歩けぬこともない。

今日のうちに、寺嶋宗左衛門に会いに行かねばならなかった。

茜を捕らえたと、告げなければならない。そして、奉行所に取り次いでもらい、新六を取り返す。

新六が連れて行かれてから、もう六日が過ぎている。一刻の猶予もない。

だが、仕舞た屋の引き戸にもたれたまま、お龍は一歩を踏み出すことができずにいた。

茜は泣き顔を見せなかった。仇の手に引き渡されると知ったら、お龍であれば大声で泣き叫ぶだろう。だが、泣いているのかと案じたお龍にも、決して涙は見せなかった。

辛くないはずがない。怖くないはずがない。

それでも耐えようとする気丈さが、見ていて辛い。

お龍は額に手をあて、大きく息をついた。

このまま茜を寺嶋に引き渡してしまっていいのかと、気持ちが揺れる。だが、そうしなければ父は戻ってこない。

（豊臣の姫て……やっぱり殺されてしまうのやろか）

大坂城落城の折り、捕らえられた姫は、秀頼の正室千姫の嘆願もあって、命長らえ、尼寺に送られた。それがこの度の騒ぎの元凶である天秀尼だという。

だが、甲斐によれば、その天秀尼は身代わりの偽物で、茜こそが本物だとの話だ。だとすれば、落城から八年の間、茜は徳川家を欺いて逃げ延びていたことになる。それを徳川家が許すのかどうか。

二代将軍秀忠の冷酷さは、お龍のような一介の町娘でも知っている。家康公以来の重臣であった本多正純ですら、容赦なく改易《かいえき》にした。豊臣の姫に情けなど、かけるはずがない。

お龍は懐にしまった守り袋に、そっと着物の上から手をあてた。もしかしたら、これは、初瀬の方の形見であると同時に、茜の形見にもなるのかもしれない。

渡して欲しいと茜が言った相手は、甲斐が憎む相手のひとり、真田大助である。最後の願いであれば、茜の思いを届けてやりたいと思うのだが……。

「いつまでそこでぼんやりしている?」

いきなり、声がかけられた。

お龍ははっとして顔を上げた。

「甲斐……」

鴻池屋の用心棒が、いつも通りに朱鞘の刀を腰にして、お龍の前に立っていた。

お龍は慌てた。守り袋を手にしていなくてよかったと思う。なんとなしに、今の話は甲斐には内緒にしたほうがいいような気がしたのだ。甲斐に見せたら、きっとこの守り袋は取り上げられる。だが、茜が死を覚悟して頼んだことだ。聞き届けてあげたかった。

「甲斐、あの、なんでここに……」

「嬢さんの行く先に付き合うのは用心棒の役目やと思てたが、違うのか」

「あ、そっか。そうやな……」

狼狽えるお龍の様子を、甲斐はおかしそうに笑った。

「内久宝寺町に帰るのか？　それとも、どこかに寄るなら供をするが……」

「うん……ううん」

お龍は曖昧な応えを返してしまい、慌てて言い直した。

「家に帰る前に寄るところがあるのやけど……」

「寺嶋の屋敷か？」

「――」

お龍は口ごもった。豊家の姫を捕らえて役人に差し出すことで新六の潔白を証明したい――お龍は甲斐にそう頼んだ。甲斐が仇と憎む相手を横取りする形になることも、謝った。

だが、寺嶋の入れ知恵だとは言わなかった。

しかし、気づかれているだろうとも思っていた。甲斐は頭がいい。お龍のやることなどお見通しだろう。

「茜はどうしていた」

「え……ああ、うん……」

曖昧に言いながら、お龍は甲斐の表情を窺った。甲斐は本当に、仇と憎む豊家の姫を公儀に渡してしまうことに、納得しているのだろうか。今さらながら、気になったのだ。

「なあ、甲斐……茜はんのこと、御公儀はどうするつもりやろ。女なのやもの。首を斬ったりはされへんはずやろ……？」

「さあて、徳川にとっては豊家の血筋は目障りなだけやからな」

甲斐の応えは冷ややかだった。

「甲斐はなんで豊臣家を憎んでんの？　何か理由があるのやろ？」

ずっと聞きたかったことを、お龍は思い切って口にした。たぶん応えてはくれぬだろうと思ったのだが、

「親兄弟を豊家に殺されたんでな」

甲斐はあっさりと応えた。

「あの戦のときに……？」

「いや。もっと前にな。おれも殺されかけた。九死に一生を得たが、一生消えない傷を負った」

　顔の古傷のことだとお龍は察した。

　お龍は黙り込んだ。確かに、それだけの理由があれば、お龍も恨みを抱くだろう。親兄弟を殺した本人が死んでも、その子にまでも、恨みを持ち続けるかもしれない。

「そう気に病むな」

　ふいに、甲斐が口元を緩めて言った。

「寺嶋が茜を役人に引き渡したとして――そのまま殺されることはない。おれも、豊家の姫を徳川に渡したままでいるつもりはない」

「それ、どういうこと……」

「とりあえずは、新六を取り戻すために鴻池屋に貸しを一つ作っただけのこと。この先、鴻池屋はもっと大きくなると見込んで、恩を売っただけや」

「……もしかして、甲斐は茜はんを後から取り返すつもり……」

　お龍ははっと気づき、同時に、胸に希望が生まれた。だとしたら、茜は死なずに済むかもしれない。――いや、甲斐の手で殺されるのだろうか。それは……徳川に殺されるよりも、お龍には辛いかもしれない。

甲斐は苦笑した。

「お前さん、本当に、考えていることが顔に出るな。見ていておもろい。そやさかい、つい鴻池屋にも目をかけてしまう」

甲斐の言葉に、お龍はどきりとした。おもろいというのは、褒められているのだろうか。

甲斐は少しはお龍のことを、気にとめてくれているということだろうか。

「まあ、そうあれこれ悩むな。とりあえず、鴻池屋新六は牢から戻ってくる。今はそれでええやないか」

「それはええけど、それだけでええってことはないわ」

お龍は反論した。何もできない己の無力さは判っているが、それでも、気持ちだけは強く持っていたいと思うのだ。

甲斐はお龍の言葉には応えず、代わりに唐突に言った。

「寺嶋の爺さんに伝えてくれ。これは賭けや、茜をどうするつもりか、すべておれと養父《おやじ》殿が見ているとな」

「え、あの……」

甲斐は真顔だった。お龍の戸惑いに構わず、言葉を続ける。

「昔の寺嶋家には大坂の民としての誇りがあった。町を守るため、かの織田信長の軍勢とも戦い、決して武士には屈せんかった、〈白犬《しろいぬ》〉衆の名にふさわしい矜持――この町に武家の主はいらぬ、大坂は町人の都――そう信じ、命をかけて戦った者たちの誇りがな。けども、爺さんが本当にその矜持を忘れ、武家に――徳川に魂まで売ったのならおれは許さん。恩知らずと罵られたとしても刃を向ける」

甲斐はそれだけ言うと、踵を返し、歩き出す。

お龍がなおも困惑していると、振り返り、

「どうした。寺嶋の屋敷に行くのやろ。早《はよ》うせえ」

「……って、甲斐も一緒に来てくれんの？」

「おれは用心棒や。門までは供をする。けども、そこまでや。寺嶋の爺さんの性根を見極めるまでは、会う気はない」

それだけ言うと、もう、先に立って歩き出している。

「なあ、甲斐……あんた、何者？」

その背中に、控えめにお龍は訊ねた。それはお龍がいちばん今、知りたいことであったのだが、甲斐はもう、振り向こうとはしなかった。

第三章　町人の都

一

鴻池屋新六が内久宝寺の家に戻ってきたのは、その五日後のことであった。

和泉町に住む新六の倅二人が、新六の解き放ちを知らされ、朝いちばんに駕籠《かご》を用意して奉行所まで迎えにいった。

お龍は番頭や手代たちとともに店に留まり、祈る思いで父を待った。

豊家の姫かもしれぬ娘を捜し出したお龍らの手柄によって、新六の疑いはひとまず晴れた。大坂城代も上機嫌でいる。寺嶋宗左衛門からは、昨夜のうちにそう知らせが届いている。

鴻池屋は今日まで十日も店を閉めていたが、今朝から表の雨戸を開けている。やっと店も元の通りになる。奉公人たちもお龍も、期待を胸に新六を待った。

「お帰りです！」

通りの先まで様子を見に行っていた丁稚《でっち》が、土間に走り込んできた。お龍は慌てて往来に出た。駕籠が角を曲がって近づいてくる。

「よかった……」

お龍の目に涙が浮かんだ。

父を取り戻すために自分がしたことを、お龍は忘れてはいない。茜は寺嶋の屋敷に送られ、大坂城代の元に連れて行かれるそのときにも、決して涙は見せなかった。気丈に誇り高く振る舞う姿は、初瀬の方と瓜二つであった。

その姿を思い出しても、お龍は胸が痛む。父の命がかかっているのでなければ、目をつぶってどこかに逃がしてあげたかったが、それはできなかったのだ。

茜は最後に、お龍に言った。

「甲斐に伝えて欲しいことがあるの。才蔵という真田の忍びが、甲斐に連れ去られたままなの。その命を、どうか奪わないで。甲斐にとっては許せない仇かもしれないけれど、才蔵は私と同じで、何も知らなかった。豊家の隠し金のことも、そのために殺された町の者たちのことも、何も。ただ私や大助に忠義を尽くしてくれただけ。だから、命だけは助けてほしい、と。そして、才蔵にも、どうか自分の命を粗末にするようなことだけはしないで、生き抜いてほしいと――」

どうか伝えてくださいと頭を下げて言い、その後、茜は寺嶋の手で仇である徳川家に引き渡された。

見返りとして、新六は解放されたのだ。

新六を乗せた駕籠は、ゆっくりと土間のなかにまで入ってきた。駕籠の前後には、お龍の二人の兄が付き添っている。ともに強張った顔をしているのは、緊張のゆえだとお龍は思っていた。

「お父ちゃん、お帰り……」

駕籠の垂れをお龍が開けようとしたとき、なかからぐらりと誰かが倒れてきた。

お龍は息を呑んだ。慌てて手をさしのべ、支えようとする。

倒れてきたのはもちろん新六である。青い顔をしている。いや、顔色が悪いというだけではない。額にも目の回りにも赤黒い痣《あざ》があった。お龍は悲鳴をあげた。

「親爺殿」

お龍の二番目の兄善兵衛《ぜんべえ》が急いで駆け寄った。お龍の腕から父の体を抱き取り、支える。

三番目の兄又右衛門《またえもん》が、番頭にすばやく命じた。

「早う医者を。親爺殿はひどい怪我や」

「お父ちゃん、お父ちゃん……」

お龍はうろたえて、何度も父を呼んだ。

「大丈夫や……ようやっと、戻って来れた」

新六は、お龍の姿を見つけると、にっと笑った。その頬は無精髭《ぶしょうひげ》に覆われ、痩せこけている。身にまとう小袖はあちこち破れ、血が滲んでいる。

新六は責め問いにかけられたのだ。ひどい拷問を受けたのだ。

お龍は新六の袖を掴んだまま、呆然と土間に座り込んだ。

奉行所がここまでひどいことをするとは思わなかった。公儀を甘く見ていた。

鴻池屋は市中でも少しは知られた大店で、新六はその当主である。素性の判らぬ浪人者を捕らえたわけではないのだから、無体な拷問などありえない——そう信じていたのだ。

寺嶋宗左衛門もそう言っていた。

そのうえ、牢での扱いが悪いものにならぬようにと、兄たちはかなりの金を寺嶋に渡し奉行所に届けてもらっていたはずだ。寺嶋宗左衛門が本気で鴻池屋のために骨を折ってくれなかったのか、あるいは、公儀は寺嶋の言うことなど取り合う気がなかったのか。

呆然とするお龍の目の前で、奉公人たちが新六を担ぎ上げ、奥の座敷に運んでいく。床の用意を、着替えを、と女中が騒いでいる。

土間に取り残された手代や丁稚たちも、青ざめた顔になっていた。新六が戻ってきたら、今日からでも店は元通りになる。楽観的にそう思っていた気持ちを一蹴されたのだ。

誰もが言葉をなくしていた。

お龍も蒼白な顔のまま、兄たちに続いて奥に向かおうとした。

そのときだった。

「なんともまあ、酷《ひど》うやられたそうやなあ」

のんびりとした声が、入り口からかけられた。

振り向くまでもなく、お龍には声の主が判った。

できるだけ冷静にと自分に言い聞かせながら顔を向けると、予想通りに小柄な白髪の老人が、供を左右に連れて立っていた。供はいつも通り、破落戸《ごろつき》と見紛うような若い職人だ。腰には脇差しを差している。

寺嶋宗左衛門はゆっくりと暖簾を分けて、店のなかに入ってきた。

「鴻池屋はんが戻ってくると聞いたんでな。顔を見に来たのや」

「わざわざのおはこび、おおきにありがとうございます」

お龍の声は、どうしても堅いものになる。

寺嶋は、それもまた楽しむように受け止め、

「鴻池屋はん、相当ぼろぼろにされたそうやな。まあそれも公儀に逆ろうた報いというもんやな。今後は身をつつしむこっちゃ」

「父が戻ってこられたんは寺嶋様のおかげです。本当におおきに」

お龍は精一杯丁寧な口調で言いながら、頭を下げた。顔を上げれば、怒りが表情に出てしまいそうだった。

以前から判ってはいたのだ。寺嶋老人は鴻池屋をいたぶって楽しんでいる。降りかかる災難から助けてやろうと手をさしのべる一方で、その手を掴もうとあがく鴻池屋をあざ笑っている。

それでも黙って甘んじているしかない。鴻池屋は寺嶋を介してしか、徳川家の庇護を受けられない。徳川家に認められなければ、今の大坂で商人は生きていけない。

だが、いつまでこうなのだろう。ふと、お龍はそう思った。

そもそも、どうしてこんなことになっているのだろう。大坂がこんな町だとは思っていなかった。大坂は町人の都、商人が、商売の力だけで成功できる町――そう思ったからこそ、鴻池屋は村から大坂に出てきたはずだった。

「あんたの親父さんによう言うとくことや。鴻池屋が儂に隠れてこそこそと企んどることは、みんな知っとる。九条村に出入りして何をしようとしてたかも、な。そやさかい、こういうことになるのや」

「鴻池屋は豊家とも吉利支丹とも、何も関わりなんかありません！」

お龍は思わず大声をあげていた。やりきれぬ思いが、どうしても抑えきれなかった。後ろで番頭が慌てているのも構わず、続けた。

「九条村に行ってたのも商売のためやて、うちは何度も言いました。御公儀もそれを信じてくれたさかい、こうしてお父ちゃんを返してくれたんです。寺嶋様も、信じてくれはったのと違うんですか……」

言いながら、涙がこぼれた。悔しくて悔しくてしょうがなかった。ただ、徳川家と繋がりがないというだけで、ここまでいたぶられなければならない。それに耐えなければ大坂の町で商いができないというのなら、こんな町にこれ以上留まるのはたくさんだ。京でもいい、江戸でもいい、もっとまともに商いのできる町に移って、父とともに新しくやり直すのだ。お龍は自棄《やけ》気味にそんなことまで思った。実際には、隠居間近の年齢の新六にできることではないと判っているのに——だ。

「商売のため——そんなことは判っとる。けども、それがけしからんと言うてるのや」

寺嶋は、呆れ果てたというように言った。

「え……」

戸惑うお龍に、寺嶋は続けた。

「儂はな。初めから鴻池屋が豊家や吉利支丹とつるんどったとは思っとらんわ」

お龍は愕然とした。

「けど……それならなんでもっと早うから御公儀に取りなしを……してくれんかったんですか」

お龍は寺嶋宗左衛門を、どこか疎ましく思いながらも、このときまでは信じていたのだ。鴻池屋が恭順の意を示せば、それに正当に応えてくれる相手だと思っていたのだ。

だが、寺嶋は、お龍の言葉を笑い飛ばした。

「何を言うのや。鴻池屋は儂に黙って新たな商売をやろうと企んどった――それこそが、豊家の残党とつるむ以上に、あかんことなのや」

「どういう意味、ですか」

お龍のほうこそ、寺嶋が何を言おうとしているのか判らなかった。

寺嶋はゆっくりと、供を連れて、帳場の前まで歩いてきた。

鴻池屋の帳場を見回し、目を細める。

土間にいる番頭や、帳場の隅でかしこまっている手代に女中――みなを冷ややかに一瞥《いちべつ》した。まるで、鴻池屋という店を、値踏みしているかのような視線だった。

それから、寺嶋は改めてお龍に目を向け、ゆっくりと言った。

「ええか、お龍。父親によう言うとくのや。今の大坂には殿様っちゅう者はおらん。堀を造り、川を整え、新地を開拓し、町を広げる――それらのことをやるのは殿様やない。町人や。徳川の意を受けた町人がすべてをやる。そういう町なのや。そやさかい、町人の都とも呼ばれる。余所《よそ》の町では大名や旗本――殿様と呼ばれる者がやることを、この町では、徳川の意を汲んだ町人が引き受ける。つまり、幕府の命を受けた儂らのような町人は、余所でいう殿様と同じ。その儂に黙って何かを企むなどということは、許されんのや」

「殿様……」

お龍はあ然とした。何を大それたことを言うのかと呆れた。

が、寺嶋は真顔で続けた。

「にもかかわらず、鴻池は分をわきまえず、勝手なことをしようとした。九条村に出入りし、川筋の整備をして湊への出入りをたやすくし、村に拠点を造って海運で大もうけしようと企んでいたそうやないか。儂が気づいとらんとでも思ったか」

「川筋の整備って、なんですか」

お龍には初耳の話だった。思わず番頭を振り返ると、番頭は気まずげに顔を逸らした。

ということは、寺嶋の言うことは本当なのか。

「湊から市中へ向かう川筋を整え、九条村の辺りに鴻池屋の荷積みの拠点を造る。それによって江戸大回しでも、これまでになく多くの荷を扱うことができるようになる、他の店の先を行けるようになる。――そないな企みを持っていたのや、新六は」

「九条村に荷積みの拠点を……」

それが本当だとしたら、なんとも大がかりな計画である。お龍の胸は、そんな場合でないというのに浮き立った。

新六は、そこまで海運業に本腰を入れようとしていたのだ。まだ市中では、誰もそこまで本格的な江戸大回しはやっていない。鴻池屋が真っ先に手をつければ、とても大きな商売になる。

「お父ちゃんは、そのために九条村に出入りをしてた……」

「そうや。儂に黙ってな」

寺嶋宗左衛門は苦々しげにうなずいた。

「儂に話を通せば邪魔される。そう思たのやろな。あるいは、計画を横取りされると思うたか。いずれにしろ、勝手なふるまいや。儂は許さん」

冷徹な刃のような目で、寺嶋は言った。お龍の背筋を凍えさせるような、低い声音だった。自らを殿様とまで言い放つ傲慢さ――それは冷静に考えれば馬鹿馬鹿しいような話だが、寺嶋は本気でそう思っている。

お龍はぞっとした。

もしかしたら、本当に大坂はそういう町なのだろうか。町人の都——その名の下に、つまりは、領主のような特権を持つ一部の町人に支配された、がんじがらめの町。

少なくとも、寺嶋は本気でそう思っている。ゆえに、村から出てきた新興の商人鴻池屋の自由な商いを、ことごとく潰そうとしている……。

「寺嶋様……まさか」

お龍の頭に、そのとき閃《ひらめ》いたのは、恐ろしい想像だった。

「まさか、お父ちゃんを牢に連れて行ったのも、寺嶋様が裏で御役人に……」

寺嶋宗左衛門は何も応えなかった。だが、間違いはなかろうとお龍は確信した。寺嶋の差し金で、新六は役人に連れて行かれた。そして、あんなひどい拷問を受けた。寺嶋に逆らった罰として。

お龍はそれに気づかず、寺嶋に助けを求めた。寺嶋はお龍に甲斐をそそのかさせ、茜を捕らえさせた。その茜を自らの手で公儀に差し出した寺嶋は、徳川家にさらに恩寵《おんちょう》を受けることになる。

初めから、寺嶋はそのつもりだったのだ。鴻池屋も、甲斐も、利用されただけだ。

「なんで、そないなこと――」

寺嶋は、お龍のその問いには応えず、傲然と言い放った。

「九条村の者たちも、じきに御役人衆に一掃される。鴻池屋とあれこれ企み事をかわしとった村の連中も追い払われる。新六に言うとくことや。これに懲りて、二度とこざかしいことは考えんように、とな」

「――」

お龍はもう何も言えなかった。

目の前の老人にはどんな言葉も通じない。何を言ってもお龍の言葉など聞く気はないのだ。鴻池屋のことを、足元の石ころのようにしか思っていない。

「それからな、甲斐にも言うておけ」

寺嶋の声音が少しやわらかくなった。

「甲斐は誤解しとるのや。儂は何も変わってはおらん。〈白犬〉衆としての町の民の誇りも捨ててはおらん。大坂の町に主はいらぬ、武士はいらぬ――そう信じる気持ちは昔と同じ。この町に武家の領主をいれぬために、儂ら町人が町を動かす。そのためには、徳川に靡《なび》くのもしょうのないこと。それがいちばん賢いやり方やからな」

「なんのことを言うてるのか、うちには判りません」

お龍は寺嶋をにらみつけながら、言った。甲斐も寺嶋も、お龍を介して話をしようとするばかりだ。馬鹿馬鹿しい。お龍には二人の話にしばしば出てくる〈白犬〉衆という言葉の意味すら、判らないのだ。

寺嶋は悠然と言った。

「判らんならそれでええ。そのまま甲斐に伝えれば……」

お龍はその言葉を遮った。

「甲斐に話があるなら、甲斐に言うてください。うちはそんな役目は引き受けられません。それに……寺嶋様の話、うちにはおかしな話にしか聞こえへん。武士はいらん、殿様はいらんて言いながら、何から何まで御公儀の言いなり――徳川家の言いなりや。刀を持ってへんていうだけで、今の寺嶋様は徳川家の家臣みたいなもの……」

「黙れ、娘」

寺嶋がふいに怒鳴った。お龍はびくりと身を震わせた。

「無礼なことを言うな」

そう続けた寺嶋老人の顔に青筋が浮かび、唇が震えている。お龍はそんな寺嶋の姿を初めて見た。だが、お龍には、何がそれほど寺嶋を怒らせたのか判らない。

寺嶋は怒りをあらわにしたことに、自らも狼狽えたようだ。

「……成り上がり商人がえらそうなことを言うな。おとなしゅうしとればええのや」

大きく息をついたあと、それだけ言うと、寺嶋は踵を返した。

そのまま、寺嶋は供を連れて店を去っていく。

痩せた老人の姿は、やがて往来の向こうに消えた。

二

「寺嶋様が、そないなことを……」

お龍は奥の間の新六の元に駆けつけ、寺嶋との話をすべて告げた。九条村の湊の話、己を殿様と同じだと言い放ったこと、そして、甲斐に伝えよと言った言葉――。

新六は、聞き終えると一言だけつぶやき、黙り込んだ。

駆けつけた馴染みの医者が、新六の横について傷の手当てをしている。拷問を受けてぼろぼろになった着物は女中が脱がせ、寝そべった新六の上半身は裸である。その体には、傷のないところが見つからぬほどで、お龍はあまりの酷さに顔を背けた。

部屋には医者と女中しかおらず、番頭や二人の兄たちは、治療を医者に任せて店に戻っている。

新六が戻ってきたからには、鴻池屋は商売を始めなければならない。みなで新六を心配して寄り添っていたところで、何もならぬのだ。

部屋に血の匂いが漂い、時折、新六の呻き声がする。

母が近くにいなくてよかったと、お龍は心底から思った。

鴻池村に住む母や弟妹には、今回の騒ぎを一切知らせていない。兄たちの判断である。もしも母が知ったら、新六だけでなく、兄たちやお龍にも、すぐにも店をたたんで村に戻るように言うだろう。母はもともと、鴻池屋を大きくすることにはさほど乗り気ではなかった。村の造り酒屋として成功しただけで充分だ――そう言っていたのだ。

もっと大きな商売をしたい、鴻池屋をいずれ大坂一の、いや日本一の商家にしたい。そんな新六の野心を、困ったように眺めていた母は、今の状況を知れば、恐ろしさに倒れてしまうかもしれない。

母の心はお龍にはたやすく読めたが、一方で、父の胸中をはかることは難しかった。

新六自身は、今後、どうするつもりなのだろう。

お龍はさきほどの寺嶋との会話も思い出しながら、黙り込んだままの父の考えそうなことをあれこれ思い浮かべた。

新六が本当に、寺嶋の言う通りに湊の整備や、それによる江戸大回しの本格的な展開を目論んでいたのであれば、それはすごいことである。他の船問屋はまだ、誰もそこまで考えていないのだ。さすが鴻池屋新六だと思う。

だが、寺嶋宗左衛門はそれを邪魔しようとしている。新六が今後も計画を進めようとすれば、今以上に陰湿なやり方で妨げようとするかもしれない。

新六はそれを察し、このまま諦めるつもりだろうか。あるいは……。

長い時間が過ぎ、

「一通りの手当はすみましたわ」

医者がやれやれとため息をつきながら言った。

お龍ははっと顔を上げた。床に寝そべったままの新六の体には、晒《さら》しがいたるところに巻かれている。

「しばらくは、じっと寝て過ごすことや。くれぐれも、無茶はせんこと」

「おおきに、先生。すんまへんなあ、えらい時間とってしもて」

応えた新六の声は、かすれてはいたが、悲痛なものではなかった。医者をねぎらう余裕も忘れてはいない。

「まあ、治る傷ばかりや。幸いやと思うことですわ」

医者はお龍にもちらりと目を向けながら、慰めるように言った。

「吉利支丹の受ける拷問なんぞはこないなもんと違いまっせ。骨が砕かれて足腰は立たんようにされるうえ、傷口に火箸を突っ込まれたり、耳をそがれたりな。そらもう酷い、手当もでけんような有様や。それに比べたら、どうってことありまへん」

恐ろしい話にお龍は震え上がったが、「そうでっか。そらまあ、よかった」と新六は呑気に応えたし、医者は続いて淡々とした口調で、女中に薬の説明などしている。

その後、女中は医者を案内し、部屋を出て行った。昼食を振る舞うようにと新六が言い、医者は遠慮しながらも座敷に向かったようだ。

「お龍、心配かけたな。けども、聞いたやろ。たいした怪我とは違うさかいな。そう怖がるな」

新六は、お龍にも落ち着いた声でそう言った。

「……うん」

「それからな。甲斐殿はおらんか」

「甲斐？……ううん。今は」

お龍は首を振った。

甲斐はこの数日、鴻池屋に帰っていない。最後に見たのは、お龍が茜を寺嶋に引き渡し、店に戻ってきたときだ。そのときには店にいたのだが、それきりである。

今までにもそういうことはあった。用心棒といいながら、ふらふらと落ち着かぬ男である。だが、今回は少々、気になっていた。お龍が茜を寺嶋に渡したことを、本当は快くは思っていなかったのかもしれないと懸念していたからだ。

甲斐の不在を知ると、

「そうか……それは……困るな……」

新六は難しい顔でつぶやき、傷だらけの体を起こそうとした。

「お父ちゃん、あかん……」

お龍は慌てて、新六を止めた。新六も、自力で起きあがるのは無理だとすぐに悟ったようだ。呻きながら頭を枕につけ、目を閉じて息を整えた。

しばらくそうしていたが、新六は再び、目を開けてお龍を見た。

「お龍。今すぐに行ってもらいたい場所があるのや。けども、お前一人で行かすわけにはいかん。店の者をやるにしても、よほど信頼できる者やないと……」

「行ってもらいたい場所って、どこ？」

「九条村や」

「九条村……」

寺嶋の話に出てきた村だ。

「ほなら、お父ちゃん、寺嶋様が言うてた湊の話、本当やったん？」

「……ああ」

新六は深く息を吐き出すようにうなずき、しばし目を閉じた。

お龍も口をつぐんで新六の言葉を待った。

「寺嶋様の言うた通り、儂は九条村の長老と密かに話を進めとった。鴻池屋の海運業の拠点を造りたかった。そのために川筋を整えることを考えた。その後、大勢の船乗りを雇うて、市中のどの店よりも多く速く、荷を運ぶ。そういう商売をしたかった。――そう考えたこともあったたっちゅう、昔の話やけどな」

新六はそこで大きく息をつき、黙り込んだ。

寺嶋の手によって潰された夢を悼《いた》んでいるようにも見えた。お龍もなんとなしに俯《うつむ》いた。

やはり、新六といえど、ここまでされては気力も折れてしまったのか……。

だが、新六はゆっくりと続けた。

「けども……やはり、諦められんもんやな」

「お父ちゃん……」

「諦めることは、できん」

新六は繰り返した。

お龍は傷だらけの父親を見た。頬がこけ、無精髭だらけである。顔色は、決して良いとはいえない。

だが、その新六の顔は、決して打ちひしがれてはいない。そのことに、お龍は気づいた。かっと見開かれた新六の目には、まだ野心という炎は消えていないのだ。

「お父ちゃん――」

「今、お龍から寺嶋様の話を聞かされて、改めて思た。誰に邪魔されようと、儂は簡単には湊を諦めん。鴻池屋が本腰入れて海に乗り出すことを諦めはせん」

ゆっくりと語る新六の目は、今や、らんらんと輝き始めていた。

「……うん」

「寺嶋様がお龍に言うたこと、それはみんなもっともな話や。確かに今の大坂の町は、いばりくさった一部の町人が殿様のような顔をしとる。連中が町の主やといえば、そういえる。けどもな、お龍。お前に寺嶋様の話を聞いて、逆に、儂には光が見えた。領主のような町人がどんだけおっても、それは領主とは違う。町人は町人や。刀を持たん者ならば、刀を持たん者にも倒せる。いつか儂らが商売の力でもって、この町の主になることもできる。そういうことやないか？」

「――うん」

お龍は力を込めてうなずいた。

寺嶋は確かに徳川家に特権を認められた町人で、今の鴻池屋では太刀打ちできない。ししかし、身分は鴻池屋と同じだ。同じ商売という土俵に立っているのだ。新六はそう言っている。

ならば、商売の力で鴻池屋が寺嶋の上を行くことも、できるはずなのだ。

そして、無一文から一代でここまで成り上がった鴻池一族に、それが不可能なはずがあるだろうか。

「お龍、儂の父親は――つまり、お前の爺さんはな。山中鹿介《やまなかしかのすけ》というて、尼子《あまこ》の殿様にお仕えし、出雲《いずも》の領地ではそこそこ名の通った武士やった。殿様が毛利家に敗れたあとは、尼子の家を再び興すさんと、死にものぐるいで戦った。けども、ついに夢は叶わず、討ち死にしてしもた。むなしいものや。……儂はな。そんな父親の姿を見て思ったのや。もう二度と刀なんぞは持たん。戦なんぞ、むなしいだけや。儂はもっと別の夢を見る。もっと別のやり方で世に出るのや――てな」

「それで、商売を始めたんや……」

「ああ、そうや」

新六はうなずいた。

「商売で天下を目指す——それが儂の夢になったのや。儂は商売なら誰にも負けん。武家の威光を傘に着てふんぞりかえっとる連中に、刀を捨てて一から成り上がった商人の底力を見せたるのや。なあ、お龍」

「うん」

お龍は大きくうなずいた。

むろんのこと、実際にそれをなしとげるのがどれだけ難しいかも判っている。だが、お龍は思う。寺嶋宗左衛門がここまで悪辣《あくらつ》な罠を仕掛けて新六を陥れたということは、それだけ、寺嶋は怯えているのだ。鴻池屋が海運業に乗り出し、武家の権力と関係のないところで成功し、商売の力だけで大商人に成り上がることを、恐れているのだ。武家にすり寄ることなく力を持つ、そういう新しい商人が大坂に生まれることが、怖いのだ。戦国の世を、武家の間を渡り歩くことで生き延びてきた年寄は、脅えているのだ。

だが、時代は変わった。もう戦国の世ではないのだ。武家の力に頼らねばならぬ世ではなくなった。商人が本当に力を示すのは、これからだ。

「そのためにはな、お龍。やはり九条村に鴻池屋の拠点を造りたい。お龍。九条村に行ってな。もう一度、そこの長老と話をするのや。長老の言うことを聞くさかい、儂の商売にも手を貸してくれとな」

「長老……て？」

「村の長老、松木《まつき》三郎佐《さぶろうざ》殿や。九条村でいちばんの年寄で、村の者の信頼も篤い。そしてな……昔から豊家と馴染みが深いおひとや。もとは太閤はんの側室、京極竜子様の従者やったそうでな。太閤はんがお亡くなりになって、竜子様が城を出られたあと、縁あって村に移られたそうや。竜子様は吉利支丹でな。そやさかい、松木殿は吉利支丹とも縁が深い。村の近くにも、豊家の残党や吉利支丹をひそかに匿うてはった」

「――吉利支丹……って」

お龍は青ざめた。豊家の吉利支丹……それでは、やはり新六は、謀反人と手を組むことになってしまうではないか。

だが、新六はお龍をなだめるように続けた。

「儂は吉利支丹や豊家の残党と手を組むつもりはない。そやさかい、いったんは、この話は断ったのや。松木殿の出した条件が、鴻池屋に九条村の土地と村人を貸し出す代わりに、その匿うてる連中を助けて異国へ逃がしてやってくれっちゅうことやったさかいな。そないな恐ろしいことはできんと断った。けどもな、お龍。ここは腹をくるときや。どうせ、鴻池屋には公儀の疑いの目が向けられとる。今さら逃げてもしょうがない」

そう言って、不敵な笑いを、新六は浮かべた。

「鴻池一族、ここは一《いち》か八《ばち》かで、賭けに出てみようやないか」

三

一刻後のこと。お龍は手代頭の一蔵を連れて、ひそかに店を出た。

表から出ては人目に立つため、勝手口を通り裏路地に出る。そのまま、裏長屋の前を通って一筋離れた通りへ出た。少々遠回りになるが、そこから東横堀川に出て、舟に乗る。

舟は、新六がふだん湊に出る際に使っているものだ。川沿いにある馴染みの船宿が貸してくれるのだ。船頭ごと借りるときもあるが、今日は一蔵が自ら棹をとる。

「一蔵は、九条村には行ったことがあるんやろ？」

舟に乗る際、お龍はそっと一蔵に尋ねた。

「へえ。もう何度かは」

一蔵も、どこかしら辺りをはばかるような声で答えた。

「ほならその……村の人らにも会《お》うたことがあるの？」

「へえ」

「吉利支丹……にも?」

ささやくようなお龍の言葉に、一蔵は小さくうなずいた。

「うちは……何も知らんかった」

お龍はぽつりとつぶやいた。

寺嶋の話に新六の話――次々に、お龍の知らぬことが出てくる。

儂は九条村で豊家残党の吉利支丹衆に会うたこともあるのや――新六がそう言ったとき、お龍は背筋が冷えるのを感じた。豊家残党も恐ろしいが、それ以上に、吉利支丹という存在に対して、お龍は恐れを抱いている。なんといっても、異国の神を信仰し、この国を乱そうとする者たちだ。

お龍が青ざめたことに気づき、新六は苦笑した。

「お龍が怖がる気持ちはよう判る。儂もそうやった。そやさかい、逃げたのや。いくら商売のためとはいえ、吉利支丹の手助けはできん。そう思て、長老の要求を断った。同時に、村に商いの拠点を造ることも諦めようと思た」

けどもなあ……と付け加えた新六の顔には苦悩が浮かんだ。

「庚申丸に乗せた尼御前が豊家ゆかりの女子やと知ったときも、儂はあの吉利支丹のことを思い出した。実はな。尼御前は舟で市中に向かったと公儀には言うたけども、本当は、迎えに来た者らに連れられて馬で去ったのや。知ってて隠したのは、あの吉利支丹のことが頭にあったからや。きっとあの連中のところに行ったのや……儂はそのときから、そう思てた」

しかし、それを公儀に言うことはできなかった。言うとなれば、新六が以前から吉利支丹の隠れ場所を知っていたことがばれてしまう。それ自体、公儀に逆らうことなのだ。新六もまた、処罰を受けることになる。

「お父ちゃんにとって、弱み、ていうことや……」

「そうや」

静かに、新六はうなずいた。

「けどもな。それは向こうにとっても同じやった。覚えてるやろ、庚申丸の騒ぎが始まった頃、儂やお龍を脅し、命まで狙《ねろ》てきた者がいたこと。あれも吉利支丹の一味や。甲斐殿からも、そう言われた。一味の者が吉利支丹の十字架を身に付けていた、とな」

湊の近くでお龍を狙った敵の懐から奪ったという十字架を、甲斐は新六に見せたらしい。そういえばそんなことがあったとお龍は思い出した。甲斐はお龍には何も言わなかったが、新六とはもっと入り組んだ話をしていたのだ。

「吉利支丹連中にとっては、鴻池という店は何かと関わってくる割りに味方にはならん、仲間のことも知られてる――目障りでしょうない相手やったのやろ」

「あのときの連中が……」

「けども……もうそんなことにもこだわってはいられん。すぐにも御公儀の役人は九条村で吉利支丹狩りを始めるはずや。それまでに連中を逃がしたい。それが鴻池屋のためでもある」

「吉利支丹の口から、鴻池屋と以前からやりとりをしていたと公儀に告げられても困るから――やね？」

「その通りや」

新六は力強くうなずいた。

「そのために、誰かに儂の代わりに九条村に行ってもらいたいのや……」

「判った。甲斐がおらんでも、うちが行く」

お龍は心を決めた。

吉利支丹と話をするなど、恐ろしいことではある。

それでも、行かねばならぬ。

この話は、公儀はもちろん、寺嶋宗左衛門にも知られぬように進めなければならない。

番頭や兄たちが動けば人目につきやすいが、お龍ならば、目立たずに動くことができる。

一蔵を連れて行くようにとは、新六が指示した。九条村で新六が吉利支丹と会った話は、奉公人のなかでもわずかしか知らない。大番頭と、手代頭の一蔵だけがすべてを把握しているという。

九条村の長老松木三郎佐は、天秀尼を匿った罪を疑われ、今は役人に追われている。おそらくは、吉利支丹の隠れ家に一緒にいるだろうと新六は言った。

「つまり、うちは、その吉利支丹の隠れ場所まで行かんとあかんのや」

「そうや」

さすがに険しい表情で、新六は言った。

「本当は甲斐殿が一緒やと安心なんやが……」

その気持ちはお龍にもあった。こんなときに頼れる用心棒がいないのは心細い。

だが、ことは急を要するのだ。

どこにいるか判らない甲斐を待ってはいられなかった。

一蔵は器用に舟を漕いだ。お龍は感心したが、このくらいのことは誰でもできると一蔵は言った。

「大坂の町はまだ、戦が終わってから十年も経ってまへん。めちゃくちゃになった町のなかで、みんな、必死に生きてきたんですわ。どんなことでもしながら」

「一蔵も、そうやったの？」

まだ三十路にはなっていないはずの一蔵だが、鴻池屋に入ったのは三年前、新六が市中に店を出したあとだ。

「その前は、船頭をやってました」

鴻池屋の造った酒を市中に運ぶために雇われた船頭の一人だったが、他の船頭の倍働いて新六の目に留まったのだという。

「身内は？」

「みんな戦で死にました。女房子供も。船場《せんば》で小商いをしてましたけど、店ごと焼けてしもて。私の親も生まれた家を戦で失うたそうです。そんときの戦は、織田信長との戦でした」

淡々と一蔵は言い、死者を悼む思いでか、なんまんだぶと口にした。お龍もお悔やみを口にし、黙り込んだ。

この町では身内のいない者は珍しくない。甲斐もそうらしい。仕方のないことだ。織田、豊臣、徳川と天下人が入れ替わるなか、大坂は常に戦火にさらされてきた。お龍と同じ年頃の者でも孤児は多い。鴻池屋馴染みの船乗り三吉《さんきち》もそうだ。父母が健在で兄弟も多いお龍は恵まれているのだ。

「商人が安心して商売をするには、戦のない穏やかな町やないとあきません。戦のある町ではどうしても、武家がめちゃくちゃをしよる」

「本当やわ……」

お龍は深くうなずいた。

戦がある町では武家が力を持つ。それは当然のことだ。だが、これから先、戦のない世が続けば、商人が商売で力を持つことができるようになる。

お龍は強く祈った。どうかこの先、泰平の世が続きますように。そうすれば、武家に頼らずとも商人が力を持てる世が、きっと来る。それどころか、武士のほうが商人に頼る世にも、なっていくかもしれない。鴻池屋の未来が、そうであればいい。いやそうしてみせる。

一蔵の操る舟は、流れに乗って川を下っていく。

大川から堂島川に入り、湊へ向かう安治川へと合流する。この辺りからは水の流れが速く、舟を操るのは難しい。河口に近づくとあちこちに砂州があり、葭の茂みが視界を遮る。湊へ向かう舟が転覆することもあるのだ。

もっと舟が通りやすくなればとの新六の願いは、商売をする者みなの願いでもある。

「嬢さん、気ぃつけてください」

一蔵は注意深く棹を操ったが、やはり本職の船頭ではないゆえか、舟は左右にひどく揺さぶられた。

左の岸に枯れた木が見えた。雷にでも打たれたのか、焼けこげている。

その木が目印であるらしく、一蔵は四苦八苦しながら岸に着けた。

「ここから、しばらく歩きます」

「しばらくって、どのくらい？」

「かなり先まで、です」

実際、お龍はそれから半刻ばかりも、これといって目印のない荒れた道を歩かされた。

辺りには何もない。

潮風が吹き抜ける荒れ野原で、ところどころに木立があるだけだ。これだけ潮気が強ければ田畑は作れまい。井戸を掘っても潮水しか出ないだろう。人が暮らすには困難だ。

一蔵は時折空を見上げ、太陽を確かめた。日差しの動きから方向を読み、遠くに見える木立を目印に歩く。

どうして迷わずに歩けるのかとお龍は感心した。獣道さえもないのだ。お龍は一蔵の後について、草をかき分けるように歩いた。

お龍の足が疲れ果て、休みたいと泣き言を言いかけたとき、ようやく一蔵が言った。

「あの木立の向こうです。小さな隠れ家がいくつかあって、連中はそこに棲んでいるはず……」

その瞬間、だった。

お龍の顔をかすめるように、何かが飛んだ。ひっと声をあげると同時に、今度は足元に衝撃を受け、激痛が走る。

「痛……」

お龍は悲鳴をあげ、うずくまった。

「嬢さん……」

一蔵が慌てて駆け寄った。

「痛……痛いっ……」

「嬢さん、動いたらあきません」

一蔵が険しい声で言い、お龍の体を押さえつけながら、右足の甲にささった黒光りする刃を抜いた。お龍はまた悲鳴をあげる。

これまで経験したことのない激痛だった。足の甲を地面に縫いつけられたようだ。お龍は右足を抱えてうずくまった。

「これは……」

一蔵が手にしたのは打《う》ち根《ね》であった。手槍の穂先の部分に似ている。忍び者が使う投擲《とうてき》用の武器だが、一蔵もお龍もむろんのこと知らない。お龍は以前に湊近くで同じ武器に襲われたことがあるのだが、覚えていなかった。そのときは、茜と甲斐が、お龍を助けたのだ。

お龍はそんなことを思い出す余裕すらなく、痛みに呻いた。殺される――そんな恐怖が全身を襲う。助けて、とお龍は無意識に口にしていた。甲斐助けて――と。

だが、頼りになる用心棒は、現れなかった。

「やめてくれ、敵やない。鴻池屋の者や」

一蔵が大声をあげた。

「以前に九条村の松木殿に紹介されてきたことがある、内久宝寺町の鴻池屋の者や。ここのお館さまに話があって来たのや。手荒なことはやめてくれ」

一蔵がさらに喚く。

お龍も懸命に悲鳴を呑み込み、相手の反応を待った。

しばしの沈黙があった。

続いて、幾人かの足音が近づいてくる。

お龍は目を閉じた。もうだめだ、と覚悟した。

「鴻池屋が我らに何の用だ」

ややあって、低い声が、お龍の耳を打った。

四

吉利支丹の隠れ家は、荒れ野のなかのわずかな傾斜地を掘り、半ばは地面に隠れるようにして造られた、狭い数軒の小屋であった。いや、小屋というよりは、洞穴に近い。

案内されて近づいたお龍でさえ、そこに人が住んでいるとは信じられなかった。狐狸の住処のようだと思い、思わず顔を背けた。これほどまでに惨めな暮らしをしながらも信仰を捨てぬ――その心根がますます理解しがたいものに思われたのだ。驚いたことに、三十人ほどが暮らしているらしい。

まわりには木立があり、遠くからでは見えない。

隠れ家のなかからお龍の前に現れたのは、擦り切れた着物をまとった禿頭の年寄だった。痩せ細った男である。お館さまと皆が呼ぶその男が、吉利支丹衆のまとめ役であるらしい。

胸には十字架がぶらさがっている。

ゆっくりと姿を現した年寄は、無言でお龍を見た。

先ほどお龍を手荒に迎えた者たちが、年寄に寄り添って耳打ちをする。お龍が何者であるか説明しているのだろう。

住処のなかや木立の影――大勢の目がお龍を見ている。当たり前だが、好意的な目ではない。余所者を警戒しているのだ。

お龍自身、早くここから去りたい気持ちもあった。吉利支丹に対する得体の知れぬ恐怖があるうえに、先ほど傷を負った足がひどく痛む。

逃げ帰りたい――だが、それはできない。

お龍は懸命に自分を奮い立たせ、無礼にならぬ程度に年寄を眺めた。乾いた肌や皺《しわ》の寄った口元からは相当の年齢だと思われる。足元は裸足で履物もない。町で見かける物乞いと変わらぬ姿だが、不思議なほどにみすぼらしさがない。

「そうか、鴻池屋の……。家臣が手荒なことをしたようじゃな。申し訳ない」

「いえ……」

お龍は小さく応えた。「手荒なこと」の一言ではすまぬ衝撃を、お龍は受けている。お龍は生まれてこのかた、悪意を持った相手に傷を負わされたことがなかった。戦というのはこういうものなのだ。相手に血を流させ、傷を負わせ、命を奪う。それが戦なのだ。相手はそういう戦のなかで生きてきた者たちなのだ。

泣き出したいほどの恐ろしさを感じながらも、お龍はなんとかこらえ、痛みにも耐えて、自らの足で立っていた。

「父からの伝言を持ってきました。ここに九条村の松木殿がおられると聞いて……」

「長老殿であれば、小屋のなかじゃ。村を追われ、ここまで逃げてくる間に、弱ってしまってな」

もう長くなかろう——と年寄は言った。

それは困る、とお龍は焦った。鴻池屋と九条村の者が手を組んで商売をする話は、その松木という長老が進めていたことだという。

「じゃが、村のことであれば、長老殿の倅がおる。ここに」

年寄は、傍らに控えていた中年男を目で指し示した。お龍が目を向けると、男は会釈をし、松木十郎兵衛《じゅうろうべえ》と名乗った。穏やかそうな男だ。話のしやすそうな相手だとお龍は思った。

だが、お龍が新六からの伝言を伝えると、十郎兵衛は渋い表情になった。

「しかし……鴻池屋は我らとの話からは手を引いたと思うておったが」

「事情が変わったんです。お父ちゃんはもう一度、九条村のひとたちとの商いを考えたいと思てます。そのために、ここのひとたちを異国へ逃がすことも引き受けるつもりです。そやから……鴻池屋を信じてください」

二、三日中に船を都合するとお龍は告げた。

十郎兵衛は、吉利支丹の年寄と顔を見合わせた。

年寄は険しい顔をしている。ここから逃がしてやると言っているのに嬉しくないのか……お龍は訝った。

年寄が、ゆっくりとお龍に顔を向けた。

「娘さん、それを伝えにわざわざ来てくれたのじゃな。礼を言う。——しかし、儂らはここから逃げることはせんと決めた」

「なんでですか」

「今は逃げられん。その理由ができたのでな」

「けど、御公儀の役人が来るんです。みんな捕まってしまうのに……」

年寄は黙ったままだ。

お龍は困惑し、さらに話を続けようとした。

穴蔵のような住処のなかから新たに人影が現れたのは、そのときだった。

その姿を見て、お龍は思わず声をあげた。小柄な娘である。くっきりとした意志の強そうな瞳に、白い肌、艶やかな唇――。

「茜はん……」

しかし、口にした瞬間には、その娘が茜でないことに、お龍は気づいていた。娘には髪がなかった。まわりの者たちとは明らかに違う質の良い小袖をまとい、白く綺麗な指先を持っている。

この娘が天秀尼だ。説明されずとも、一目瞭然であった。庚申丸に乗って江戸から逃げてきた、茜にそっくりな尼御前だ。

お龍は言葉にならぬままで、呆然と娘を見つめた。ここまで瓜二つの娘がいることが、信じられなかった。なるほど、これだけ似ていれば、どちらが本物か判るまい。茜を初めて見たときの新六の驚愕がどれほどであったか、お龍はやっと想像できた。

「……本当に、そっくりなんや……」

天秀尼は微笑した。穏やかで優しい――しかし、どこか淋しげな微笑だった。誰とそっくりなのか、聞き返すことはしなかった。すでに判っている顔をしている。

天秀尼はゆっくりと、お龍に歩み寄ってきた。

年寄が、慌てたように言った。

「天秀尼様、なかにおいでくださいと言いましたのに」

「明石殿、話がしたいのです、その娘と」

天秀尼が言った。高く透き通る声だが、不思議と茜には似ていない。そのことが、お龍を我に返らせた。いつまでも驚いていても仕方ない。

「は……」

明石と呼ばれた年寄は、天秀尼の言葉にはおとなしく従った。

「あの……」

「そなたが鴻池屋の娘ですね。鴻池屋には本当に世話になりました。礼を申します」

「いえ、まあ……」

どう応えていいのか、お龍は困った。この尼御前が鴻池屋の庚申丸に乗ったところから、すべての騒ぎは始まったのだ。迷惑をかけられたと怒ってもいい立場なのだ、お龍は。

だが、不思議とそんな気持ちにはならなかった。初瀬の方と話をしたときもそうだったが、この女性たちには不思議なほどに清冽《せいれつ》な何かがあるのだ。それは高貴な血ゆえのことなのだろうか。

「ですが、これ以上世話になることはできません。心遣いはありがたく思いますが、我々は、ここに留まります」

「けど」

「安心してください。鴻池屋を困らせるようなことはいたしませんから」

天秀尼の言葉に、明石が横から付け足した。

「儂らが鴻池屋のことを何か徳川に告げ口をすると恐れているのなら、その懸念は必要ない。儂らは徳川の手に囚われるような無様な真似はせん。奴らが来たら、死を選ぶ」

「……そんな」

お龍は息を呑んだ。「なんで、そんな……」

「吉利支丹には自害という道はない。それゆえ、儂は今日まで生き恥をさらしてきた。しかし、その死が意味のあるものであれば、話は違う。互いの胸を刺しあってでも、死ぬ覚悟はある」

明石の言葉に、天秀尼もうなずいている。

「あの……天秀尼様も一緒に死ぬつもりなんですか」

天秀尼は応えない。明石も黙ったままだ。肯定しているのだとお龍は思った。

「なんで……」

お龍は天秀尼を見た。それでは、なんのために寺を脱け、はるばる大坂まで逃げてきたのか、判らないではないか。そのために鴻池屋は厄介事に巻き込まれたというのに。

しかし、天秀尼は静かに言った。

「そうすることが私の務めです——それが、ようやく判りました」

「死ぬことが、ですか？」

「ええ。そうすれば徳川は安堵する。本物の姫や若君は無事に生き延びられましょう」

「本物って……茜はんのことですか」

お龍の問いに、天秀尼は穏やかにうなずいた。自らを偽物だと認めたことになる。お龍は驚いた。甲斐の話では、どちらが偽物か判らないとのことだったのだが……。

天秀尼は静かにうなずいた。

「私は姫様の身代わり。顔が似ているという理由で、本当の親の元から連れてこられた、ただの偽物。本物は茜様のほうです。それがようやく、判りました。……もっとも、それを知ったのは、ほんのわずか前のことで、今もまだ、私は自分が本当の那々姫かもしれないと信じたいのですけれど、でも……そうではないと、知らせてくれた方がいたのです。京の京極竜子様からの文を持って……」

天秀尼はそこで一度、声を詰まらせた。震える声を抑えながら続けた言葉は、

「今思えば、私が母に感じ続けていたよそよそしさは、そのゆえだったのかもしれません」

「初瀬の方様に……」

　はい、と天秀尼はうなずいた。

　その頰に涙が一筋流れるのを見て、お龍は胸を突かれた。茜が決して見せなかった涙を、茜にそっくりな尼御前は隠そうとしない。純真な涙が途切れることなく頰を伝っていく。

「母上だと信じていた方でした。でも、どこかで、本当は違うのではないかと思っていました。徳川の者たちもそうでした。私が偽物ではないかとずっと疑っていた。私が東慶寺で従順に暮らせば暮らすほどに、その疑いは濃くなるばかりだった。そのことを誰より感じていたのは、私自身でした。私はきっと本物ではない。徳川を騙すために仕立てられた偽物なのだ、と。そう思えば、母上との間に感じる心の溝も納得できたこと……それでも、どこかで私自身が本物だと信じたかった……」

　天秀尼は泣きながら微笑んでいた。

　このひともまた苦しんで生きてきたのだとお龍は察した。茜も苦しんでいた。本物であることに。天秀尼は己が本物ではないかもしれぬということに、苦しんでいた。――だが、目の前の尼御前からも、お龍は確かに、一介の町娘とは違うものを感じたのだ。それは、市井《しせい》の娘が姫として育てられたために身に付いたものでしかないのか。天下人の血を引くゆえの高貴さなど、所詮は見る者の思い込みでしかないのか。

「生き延びた本物の姫を守るため、私は死んだほうがいいのです。幕府に叛旗を翻《ひるがえ》して死ぬ。それで、幕府は私を今度こそ本物と認めるでしょう。それが私の宿命《さだめ》です。国松丸様はすべてを知っていて、そのために私をここに誘《いざな》ったのです。ならば、私は従います、豊家の嫡子である国松丸様に。それが、私をここまで育ててくれた豊家への恩に報いることにもなります」

「そんなん——おかしいわ」

お龍は声をあげた。絶対におかしい。胸を突き上げられるように、お龍は言った。

「死ぬのが宿命やなんて、おかしいわ」

「そういう生き方もあるのです」

「違う。そんなはずない」

お龍は断言した。天秀尼の言葉に気圧されそうになるのを懸命に振り払い、

「それに——そんなこと、茜はんが喜ぶとはうちには思えへん。茜はんは……どんなときでも生き残るのが自分の務めや、て言うてた。苦しくても辛くても生き延びるのが宿命や、って」

「それは茜様が本物の姫君だからです」

「違うわ。……ううん、それもあるかもしれへん。でも、茜はん、自分の家臣のことも心

配してた。忍びの家臣の命を助けて欲しいて、うちに何度も頼んだ。自分は徳川の手に落ちても、それでも、家臣は助けて欲しい、家臣にも、生きて欲しいと伝えてくれって……。そんな茜はんが、天秀尼様や、こんな大勢を自分の犠牲にして、それで喜ぶとは思えへん」

「茜様──いえ、那々姫様はお優しい方なのですね。それを聞いて、安心しました。もうお会いすることは叶いませんが、喜んで命を捧げられる方でよかった」

「そんなこと言わんといて」

お龍の声は、叫びに近かった。

「なんでそんなに死にたがるのか、うちには判らへん。逃がしてあげるて言うてるのに。それに……茜はんは今、御公儀の手のなかにいるのや。みんながここで死んでも、茜はんは捕らえられたままや。どうしようもないやないの」

お龍の口から、思わずこぼれた言葉だった。

だが、目の前の天秀尼の表情が、見る間に変わった。

「那々姫様が捕らえられた……」

青ざめた顔で、天秀尼は狼狽もあらわに明石を振り返る。

明石も瞬く間に蒼白になっていた。

「なんと、那々姫様が徳川の手に……〈在天〉のところに行ったのではなかったのか」

「まさか〈在天〉の手から奪われるなど……」

まわりの吉利支丹衆もざわつき始めた。

「え……」

お龍はうろたえた。不用意なことを口にしたらしいと気づいたが、もう遅い。目の前の者たちは、まだ、茜が囚われたことを知らなかったのだ。確かに、徳川家は茜のことは内密にしていたし、世間にも知られていないことではあったが……。

「茜様は徳川の手に落ちた——それは本当なのか」

ひときわ鋭い声が、お龍の耳を打った。

お龍が顔を向けると、穴蔵のなかから、杖にすがるようにして出てきた者がいた。まだ若い男だ。どこかで見たことがある。

「なぜだ……〈在天〉に連れて行かれたんじゃないのか」

「え……」

射抜くような鋭い視線を向けられ、お龍ははっと気づいた。この若者は、確か、初瀬の方を取り戻しに来たときにいた真田の忍び者の一人だ。では、あの、茜が案じていた忍びの家臣だろうか。しかし、甲斐に捕らえられたと聞いていたのだが……。

「本当に、那々姫様は徳川の手に落ちたのですか」

天秀尼がお龍に向き直って言った。声が震えている。

「いったいどうして……」

お龍は狼狽した。

「うちが……お父ちゃんを助けるために……御公儀に……」

「嬢さん」

途中で一蔵が遮ったが、お龍の言葉はすでに口からこぼれてしまっていた。

「鴻池屋が徳川に引き渡したということか」

叫んだのは、あの忍びの若者だ。

激しい怒気が声に満ちている。若者だけではない。その場の者すべての怒りがお龍に向けられていた。

「けど、うちは……」

言い訳などしても無駄だとお龍は悟った。何を言ったとしても、お龍が茜を徳川に売ったことに代わりはない。お龍はこの者たちの敵なのだ。

若者が杖を捨て、怒声とともにお龍に向かってくるのが見えた。殺される、とお龍は思った。手に刀はないが、素手で絞め殺しかねない勢いだ。お龍は逃げようと身を翻し、足の痛みに呻いて倒れた。足音が間近にせまる。もうだめだとお龍は倒れたままで目を閉じた。

「やめろ、才蔵」

鋭い声が聞こえ、足音が止まった。

「無駄な殺生をするな。その娘を殺しても意味はない」

「しかし、大助様……」

若者がやりきれぬように叫んだ。

大助という言葉に、お龍ははっとなった。

身を起こし、顔を上げる。

まだ怒りの形相のままの若者の向こうに、これもまた見覚えのある長身の侍が現れていた。身なりは質素な着流しで、腰には二刀を差している。浪人者にしか見えぬ姿だが、端正な顔立ちには、どこか品がある。風格というべきか——武士、いや、武将という言葉にふさわしいかもしれない。そう思った瞬間、お龍ははっとなった。

「真田、大助……」

お龍はその名をつぶやいた。

侍が、意外そうな顔になる。お龍が名を知っていたことに驚いたようだ。

「真田殿」

天秀尼が振り返り、大助の名を呼んだ。

「真田殿、那々姫様が……」

狼狽えたような天秀尼に、大助は力づけるように言った。

「ええ。しかし、徳川とてすぐにあの方の命を奪うことはありますまい」

「でも……」

天秀尼は大助をすがるように見つめる。その姿が茜と重なり、お龍は思わず言った。

「……茜はんは貴方のこと、ずっと待ってたのに」

天秀尼が悪いわけではない。だが、茜にそっくりな顔をして、茜の待っていたひとにすがる姿が、お龍にはやりきれなかった。目の前の男はどうして、茜を助けに現れなかったのか。信じていると、茜はあれほどに思いを込めてお龍に告げたのに。

お龍の言葉を聞いて、大助の端正な顔は、かすかに揺れた。

「茜様と、話をされたのですか」

「したわ。茜はん、貴方のことを信じてるって言うてた。それから、これを……」

お龍は痛む足を押さえながら起きあがった。

泥に汚れた手を払い、懐に手を入れて、取り出したのは茜から預かった守り袋だった。

「これを渡してほしいって、茜はんから頼まれた。初瀬の方様が、死ぬ間際に茜はんに渡した、大事な形見の品やから、て」

「初瀬の方の……」

大助が驚いたように繰り返した。

大助だけではなかった。明石も同じ名をつぶやいた。

みなの目が、お龍の手のひらの上の守り袋に集まった。

「母上の……」

お龍の向かいにいた天秀尼が、それに手を伸ばそうとした。本当の母子ではなかったと言いながらも、天秀尼にとっても初瀬の方は「母上」なのだ。だが、それは天秀尼ではなく、大助の手に渡るべきものだ。お龍が思わず、手を引っ込めようとした——そのとき、だった。

何かが飛来し、守り袋をお龍の手のひらから奪い取った。

あっと声をあげ、お龍は守り袋を追う。紐のついた鉤《かぎ》のようなものにすくい取られて宙を舞う守り袋が落ちた先には——、

五

「甲斐！」

　お龍は大声をあげた。

　そこに立っていたのは、朱鞘の刀に黒羽織――見慣れた姿の鴻池屋の用心棒だったのだ。守り袋を奪い去ったのは、得意の縄摽である。茜がお龍に託したものは、今、甲斐の手のなかにあった。

「甲斐、なんで――いつのまに」

　お龍は驚くと同時に、深い安堵が胸に満ちるのも感じていた。甲斐が来てくれたのだ。ならばもう大丈夫だ。甲斐はお龍のことを、必ず守ってくれるはずだ。相手が誰であろうと。

「貴様、〈在天〉の……」

　明石がつぶやいた。甲斐が現れたことに驚愕している。甲斐が近くに潜んでいることに、この場の誰も、気づいていなかったのだ。

お龍はそう思ったのだが、すぐにそれは間違いだと察した。まったく動じていない者がいる。真田大助だ。おそらく、この男は気づいていたのではないか。

「真田大助」

甲斐が、冷えた声音でその名を呼んだ。

「貴様には、恨みばかり溜まっていく巡り合わせらしい。一族の者をまた一人手にかけてくれたようやな」

「才蔵を取り戻すためであれば、仕方なく」

「——武将の倅が忍びの餓鬼のために自らの手を汚す、か。もっとも、味方が他にほとんどおらんとなれば仕方ないか」

ふん、と甲斐は鼻で笑った。

それから、目をお龍に向けた。お龍はどきりとした。甲斐の目は、これまでに決してお龍に向けられたことがない、冷え切ったものだったのだ。

「お龍、お前さん、いつのまに茜とそれほど仲良うなった？　こんな大事なものを、おれに隠して、おれの仇に渡すつもりやったとはな。鴻池屋にはたっぷり貸しを作ったつもりやったが、たいした裏切りやないか」

たった今、甲斐がその手に奪い取った守り袋のことだ。

「甲斐……違うんや、うちは……」

何か言おうとして、お龍は言葉が見つからずに口をつぐんだ。甲斐の眼は本気で怒っている。それほどに、甲斐が豊家や真田に向ける憎悪は深いのだ。鴻池やお龍へ向ける気持ちの何倍も、茜や大助への憎しみは大きいのだ。

「――堪忍して」

お龍は消えそうな声で言った。甲斐の胸中を考えなかったわけではなかった。しかし、茜の真摯な願いを聞いてあげたかったのだ。そのために、確かにお龍は、これまで鴻池屋のために力を貸してくれた甲斐を、裏切った。

お龍の謝罪を聞いても、甲斐の表情は変わらない。許してはもらえないかもしれない。そう思うと、お龍の胸がずきりと痛んだ。甲斐をないがしろにしたつもりはなかった。お龍は本当に、甲斐を頼りにし、信頼していたのだ。それなのに……たった今、すべてが壊れてしまったのかもしれない。

泣きそうな顔になるお龍を、甲斐はもう見てもいなかった。守り袋を手のなかでもてあそびながら言った。

「仇の手の内に向かった姫様が、ひそかに忠臣に託した品、か。ここにこそ、おれの知りたかったことが隠されてるかもしれんな――どうする。奪いに来るか」

甲斐の最後の言葉は大助に対する挑発だ。

お龍は怯えながら、大助の顔をうかがった。死すら覚悟していたであろう茜の、形見のような品だ。大助にとっても、もちろん誰にも渡せぬものだろう。

ところが、大助は言ったのだ。

「そんなものに何の価値もない。欲しければ差し上げます。貴方の欲するものが、そんなものなのであれば、いくらでも」

「なに？」

甲斐が顔を歪めた。

「なんで」

思わず、お龍も叫んでいた。「茜はん、どんだけ貴方を待ってたか……」

茜が思いを込めて託した品を、この男は価値がないという。あまりにも茜が哀れではないか。

甲斐も同様に驚きを隠せぬまま、手のなかの守り袋を見た。──次いで、はっとしたように天秀尼を見た。

「まさか──貴様、忍びの餓鬼を助けて、肝心の茜を助けに来なかった──その理由は、茜が偽物で、天秀尼が本物だからか？」

「茜様は本物の那々姫です。間違いはない。この私が国松丸様とともに右府様からお預かりした」

「しかし、ならば……」

「だが、初瀬の方の遺したものになど価値はない。あの女は何も知らない。幻に惑わされているだけだ。右府様が遺した隠し金など茜様には何の関わりもない」

「嘘を言うな！」

甲斐が怒鳴った。

「隠し金は幻などではない。おれの親も弟も、そのために殺された」

「ならば、それがどこにあるのか、地の果てまでも探すがいい。私には関わりのないことだ。そして、茜様にも」

大助がゆっくりと歩き出した。甲斐のほうへと近づいていく。

「貴様……」

甲斐が刀に手をかけた。だが、大助は歩みをとめない。天秀尼の傍らを過ぎ、お龍に目もくれず、甲斐に歩み寄っていく。

「甲斐と言ったな」

大助がゆっくりと甲斐に話しかけた。

「〈在天別流〉の者だと明石殿から聞いた。お前の狙いが豊家の隠し金だというなら、今言ったように、茜様を狙うのは筋違いというもの」

「それだけが理由やない。豊家はおれの仇」

「落城の折りにたった八つだった姫を仇として狙うなど、誇り高い〈在天別流〉のすることとも思えん」

「黙れ！」

甲斐は吼《ほ》えた。声に激しい憎悪が宿る。「貴様のような者が〈在天〉の名を口にすること自体、汚らわしい」

お龍は身震いした。

甲斐が刀を抜けば、大助も受けて立つだろう。斬り合えば、二人とも無事ではすまない。それはお龍にも判ることだった。並はずれた腕を持つ二人が本気で斬り合って、命が無事であるはずがない。

あと一歩で甲斐の間合いに入る――大助はその直前で足を止めた。刀に手をかけることもせず、

「〈在天別流〉とやり合う気は私にはない。欲するものはすべて差し上げる。茜様の命以外のものであれば」

「茜の命だけは守ろうとする――それは、隠し金のありかを知っているからか」

「私の主君だからだ。そう言ったはずだ」

「そんな建前の言葉だけで……」

「〈在天別流〉は主を持たぬ忍びと聞く――ならば、判らんのも無理はない。だが、私は主君の命はどんなことをしても守る。裏切り者と言われ、生き恥をさらしてでも」

そう言い放った直後だった。

大助が飛んだ。

お龍は息をのんだ。

大助が地を蹴り、刀に手もかけず、素手で甲斐の喉笛に手をかけようと飛びかかる。間一髪で、甲斐は刀を抜いて横に凪《な》いだ。大助はその刃を素手で払った。――むろん、素手のように見えて、その左手には刃を仕込んだ角手を握っている。

「――ちっ」

甲斐が舌打ちし、左手で縄摽を放った。大助は刀を抜き様、はたき落とす。

すべてが一瞬のことで、お龍は瞬《まばた》きをすることさえ出来なかった。やめて――そう言いたいのに、声が喉で凍り付く。

「貴様――」

甲斐が怒鳴り、再び斬りかかった。大助はそれを刃で受けることをせず、退いてかわした。そのまま、二の太刀も、飛びすさって避ける。

「今さら逃げるか、貴様」

甲斐が喚いた。

「逃げる気はない。だが、死ぬ気もない」

冷静に、大助は答えた。「判ったはずだ。私を斬るのは容易ではない。たとえ、〈在天〉の者であっても。だが、さっきも言ったように、私は〈在天〉と争う気はない」

「何をいう、かかってきたのは貴様のほうだろうが」

「一度は刃をかわさねば納得しない男だと思ったからだ。私には待っている時間がない。茜様のところに行かねばならんからな」

大助の声はあくまで静かだった。そう言うなり、驚いたことに、刀を鞘に収めた。左手の角手もはずし、地に捨てる。これ以上戦うつもりはないと、目に見える形で示したのだ。

固唾を呑んで見ていたお龍も、これには驚いた。何をするつもりなのか、動きのよめない男だった。

甲斐は黙って大助を見た。だが、自分の刀を収めることはせず、いつでも斬りかかれる構えは崩さない。

大助はそんな甲斐に、あえて静かに語りかけた。

「甲斐という、お前と同じ名を持った者の話を聞いたことがある。父の配下の手練れが四人やられた。たった一人を相手に、だ。それが、真田の者と〈在天別流〉との邂逅《かいこう》だった。多田銀山《ただぎんざん》に近い山でのことだと聞いている」

「ああ、そうや」

甲斐は冷えた声のままでうなずいた。「その場におれもいた。生き埋めにされるところを助けられ、引換に命を奪われた者の名が、その日からおれの名になった」

「なるほど、それで甲斐か。……だが、その甲斐という男がその後、真田の手の内で生き延びていたことは知っているか？」

「――なんやと？」

甲斐の顔にようやく、憎悪以外の感情が浮かんだ。驚愕である。

大助は続けた。

「その男は仲間を逃がしたあと、父の配下に斬られ、動けなくなった。自害はせぬと言った男を、忍びたちは父の元に連れ帰った。どこの手の者か調べるためだったが、父は男の腕に感心し、何も聞かずに手当をほどこした。数日後に男は死んだが、そのときに自ら〈在天別流〉の名を口にしたそうだ」

「嘘を言うな。真田幸村が拷問で聞き出したに決まっている」

「拷問で口を割るような男が〈在天〉にいるのか」

「――」

「真田の者は、そのときから〈在天別流〉には敬意を払っていた。仇というなら互いにそうだが、私には〈在天〉とやり合うつもりはない」

「……貴様の話を信じると思うのか」

「信じるかどうかはお前次第だ。だが、あのとき供にいたのが弓月《ゆづき》王と呼ばれる一族の長と、〈白犬〉衆と呼ばれる一向宗門徒の宗左《そうざ》――今、寺嶋宗左衛門と名乗っている瓦師であったことも、甲斐という男から聞いた。町の者を救わんと命をかけた者に敬意を払い、真田の者は戦の折りにも四天王寺の町の者には手を出さなかった。もちろん、〈在天別流〉にも、だ。我らとて自らの領地を持ち、民を守ってきた一族。民を守ろうとする心は理解できる。――父は甲斐殿の墓も建て、丁重に弔った」

「――」

甲斐は沈黙したままだった。

大助も、何も言わない。

長い静寂が過ぎた。

「あの戦場で……赤備えの男を見た」

ぽつりと言ったのは甲斐だった。

大助はまだ、黙っている。

虚空《こくう》を睨《にら》む甲斐は、何かを思い出そうとしているようにも見えた。

「……天王寺の戦場で、逃げ遅れた町の者を、その男は……」

甲斐はそこで言葉を途切れさせた。

再び黙り込む甲斐は、何を考えているのか。

お龍はじっと、祈る思いでそれを見つめた。

再びの長い沈黙のあと、甲斐は再び大助に目を向けた。

「――甲斐殿の墓は、どこにある」

「大坂城の北東、野田《のだ》村の稲荷社の近くだ。当時、真田の者が隠れ家に使っていた」

「そうか。――弓月王に伝えておく」

甲斐はそう言うと、すばやく刀を収めた。

まだ大助を睨んでいたが、やがて目を逸らした。

それから、深い息をつく。

と、甲斐はおもむろに足元に身をかがめた。

じっと見ていたお龍は、何をするのかと一瞬どきりとしたが、拾い上げたのはあの守り袋だった。いつのまにか、地面に放り出していたらしい。

「これはおれが預かる。秀頼の側室が死に際に娘に託したもの——意味のないものとは言い切れん。それに、隠し金がないなどという話まで、信じるわけにはいかん」

「確かに、私の知っていることだけが真実と言い切れるわけでもないからな。私は知らぬというだけのこと——あるいは、茜様の身に本当に秘密が隠されているのかもしれん。それを知っているのは、おそらく国松丸様のみ」

「隠し金はある。確かにな。——だが、そのありかはまだ判らぬというわけか」

甲斐はつぶやくように言い、それからもう一度、大助に向き直った。

「おれの仇が真田や豊家であることに代わりはない。いつか、貴様の首はとる。ただし、隠し金のありかを突き止めたあとでな。どうも、手がかりを知る者は今のところ、貴様と茜以外にいないらしい」

そう言うと、甲斐は大助の返事を待たず、お龍たちのほうに目を向けた。

「お龍。鴻池は本気で、吉利支丹を異国へ逃がす船を支度する気があるのか？」

「え——うん、もちろんや」

お龍は慌ててうなずいた。甲斐はお龍と明石たちの話も聞いていたようだ。

「寺嶋宗左衛門を敵に回しても、か」

「当たり前や。鴻池一族には商売しかあらへん。それに、これからの大坂を、武家の後ろ盾がなくても自由に商売できる町にするためには、鴻池一族がここで負けるわけにはいかへんのや。商売で——商売だけで、勝負する——そう決めたのや。うちも、お父ちゃんも」

お龍は強い思いを込めて言った。

そうか、と甲斐はうなずいた。その口元に、かすかに笑みが戻ってきた気がして、お龍は安堵した。甲斐はお龍のことを、許してくれるのだろうか……。

甲斐は大助をその場に残し、お龍と吉利支丹たちのほうへ歩み寄ってきた。

まずは、明石に顔を向け、

「明石掃部。お前は先だって、異国商いとの伝手を〈在天〉に譲ると言うたな」

「ああ、確かに言った」

明石はゆっくりとうなずいた。

「なら、その伝手を鴻池屋に譲れ。〈在天〉には必要ないが、鴻池屋にはあって損にはならん。どうせ異国に逃げる身や。そのくらいの置きみやげはしていってもええやろ」

甲斐の言葉に、明石は眉をひそめた。

「儂らは異国に逃げる気はない。ここで……」

「言ったはずや。茜はすでに徳川の手のなかにいる。ここで貴様らが天秀尼と心中したところで、徳川の目はごまかされん。無駄死にになるだけや」

「……ならば、死を覚悟で茜様を助けにまいる」

「阿呆か」

甲斐は一蹴した。

「貴様らに何ができる。城代屋敷の門の前で犬死にするのがおちや」

「しかし、茜様の無事を見届けるまでは、逃げられん」

「茜の身柄は〈在天別流〉がもらいうける」

甲斐は宣言するようにそう言った。それからおもむろに振り返った。その視線の先には大助がいる。

大助は応えない。

甲斐はその大助に、宣言するように言った。

「茜の命以外のものはいらぬと貴様は言ったな。ならば、殺しはせん。だが、身柄は〈在天〉が預かる。文句は言わさん」

六

茜は座敷牢のなかにいた。

廊下との境に格子がはめられているほかは、さして居心地は悪くない。板張りの床の上には畳が敷かれ、夜具もある。食事も朝夕に与えられた。

罪人として牢に入れられているというよりは、身分のある者を幽閉しているといった扱いだ。

場所は、大坂城代の屋敷のなかである。

すでに、連れてこられて、五日が過ぎていた。

大坂城代とは、四年前に新しく作られた幕府の役職で、大坂在任の役人の頂点に立つものだ。大坂城警護の任に当たる大坂城京橋《きようばし》口、玉造《たまつくり》口の定番や、その補佐にあたる加番、行政に携わる大番衆のほか、大坂町奉行と奉行所の役人も、その管轄下に入る。

ただし、城代は領主ではない。あくまで、城の預かり人であり、町の主ではない。大坂の陣のあとに大坂を所領として治めた松平忠明は、四年前に大和郡山に転封となった。その後、大坂に領主は置かれていない。

新しい役職である大坂城代の、新しく建てられたばかりの屋敷にも、いかめしい座敷牢があることは、茜には不思議に思われた。まさか茜のために造ったわけでもあるまい。家臣団を連れて赴任してくる城代であるから、屋敷内に罪人を留め置く部屋も必要だったということか。

案じていたような非道な扱いは、茜は今のところは受けていなかった。城代屋敷の者たちは、茜の扱いに戸惑っているようでもあった。

茜を城代の元に連れてきたのは、寺嶋宗左衛門である。

茜はまず、鴻池屋の手から寺嶋に引き渡された。その寺嶋の屋敷で、戦の直前に豊家を裏切った瓦師の姿を、茜は初めて我が目で確かめた。

寺嶋宗左衛門は背を丸めた小柄な老人だった。みすぼらしい姿だと、茜は思った。むしろんのこと、身にまとう小袖や袴は茜のものよりもずっと上質であろうが、貧相な人品が見た目にも現れている。ぼろをまとった明石掃部のほうがずっと風格を感じられた。

だが、実際には、そのみすぼらしい寺嶋宗左衛門こそが、今は大坂の町で権勢を振るい、茜の命をも握っているようなものなのだ。

茜は寺嶋の屋敷で、身に付けたものをすべてあらためられた。、髪の中まで丹念に調べられたのは、茜が自害するための毒などを携えているのではと警戒してのことだろう。着物も、与えられたものに着替えさせられた。皮肉なことに、茜がこれまで身に付けていた質素な木綿の小袖袴ではなく、香まで焚きしめた綸子《りんず》である。大坂城を脱してから初めて、茜は金摺箔《きんすりはく》に鹿の子《かこ》絞りをあしらった贅沢な女物の小袖をまとった。

寺嶋の意を受けた女が、茜の髪を椿油で丁寧にとかした。城代に引き渡す前に、寺嶋は茜を、天下人の血を引く娘にふさわしく着飾らせようと考えたのだ。

美しく身なりを整えた茜を見て、寺嶋宗左衛門は目を細めて満足げにうなずいた。

「これはお綺麗なことや。淀の方様とよう似ておられる」

茜自身も、鏡に映った己の姿に驚いた。幼い頃はともかく、年頃の娘になってから、茜は常に男のように髪を結いあげ、若衆と見紛うような格好しかしてこなかった。

鏡のなかには匂い立つような華やかな姫君がいた。そんな場合ではないというのに、茜はこの姿を大助に見てもらいたいとすら思った。

もしも運命が茜を逃亡者にしていなかったら、このような姿が当たり前だったのだ。

「これならば、御城代もお喜びになろう。囚われの姫というのは美しいほうが絵になるものや」

含み笑いをする寺嶋から、茜は顔を背けた。

美しく着飾らせるのも、結局は、捕らえた獲物を立派に見せようとの計算でしかないのだ。

その後、茜は駕籠に乗せられ、大坂城代の屋敷に運ばれた。その途中で逃げ出すことはできなかった。駕籠の前後左右を寺嶋配下の腕自慢の者たちが囲んでいたし、町のなかで万一騒ぎ立てられても困るとの懸念からか、このときばかりは手首と足首を縛られ、猿ぐつわもかまされた。無駄なことをと茜は内心で思った。茜とて、町のなかで暴れて逃げ出すつもりなどない。町の者は決して味方ではないことを、茜は長年の逃亡生活のなかで知っていた。

寺嶋にとっての誤算は、茜が運び込まれるのと前後して、大坂城代内藤紀伊守の所領高《たか》槻《つき》藩から急ぎの使者が着いたことであった。

高槻藩は大坂市中から京へ向かう途中に位置する小藩であるが、かつて高山《たかやま》右近《こん》が所領としていた影響が残り、領内に吉利支丹が多いとされている。その吉利支丹が騒ぎを起こしたとの知らせに、内藤紀伊守は、急ぎ、内々で所領に戻ってしまったのだ。

茜は城代屋敷の座敷牢で、その後の処遇が判らぬまま、城代の帰りを待つことになった。

寺嶋にとっては拍子抜けであったろうが、茜には、これは僥倖《ぎようこう》に思われた。

時間は、今の茜にとっては、有利にはたらくはずだ。

徳川の手のなかで、このまま姫君として丁重に扱われるとは茜は思っていなかった。茜が徳川を憎んでいるように、徳川も豊臣を憎んでいる。秀頼の正妻であった千姫が将軍秀忠の娘である手前もあって、天秀尼は殺されずに尼寺に送られたが、跡取りである国松丸は——むろん、それは身代わりの偽物であったのだが——たった七つの幼さで首を斬り落とされた。

身代わりを立て徳川を騙して生き延びていた豊家の姫になど、将軍秀忠が情けをかけるはずがない。徳川の家臣であれば、そんなことはたやすく予想がつくであろうから、内藤紀伊守も茜を丁重には扱うまい。

今はいい。屋敷の者はまだ、戸惑っている。

だが、城代が戻ってきた後、茜の処遇は変わるだろう。

茜に与えられるのは、間違いなく、死。しかも、おそらくは公にされずに密かに葬られる。徳川が八年もの間、替え玉に騙されていたなど、民に知られては恥になるからだ。

与えられる死が、誇りを持ったものであるか、あるいは、屈辱的なものになるか。差はそのくらいしかあるまいと、茜は覚悟していた。

だが、もちろんのこと、おとなしく死ぬ気はない。

何があっても生き延びてみせる。そう心に誓い、木の根をかじり泥水を飲んでも生き抜いてきたのだ。最後の瞬間まで、決して諦めはしない。

内藤紀伊守が戻ったあとも、おそらくは、江戸の将軍に処遇を尋ね、決定を待つことになろう。時間はまだある。

誰かが助けに来てくれるはずだとは、茜は思わぬようにしていた。信じたいそのひととは、もう長い間、言葉も交していない。お龍に託した守り袋も、はたして無事に届くものかどうか。

何より、あてにして待つだけでいるには、置かれた状況は茜には辛すぎた。そのまま永遠の別れになるかもしれないと、思うだけで息が苦しくなる。茜は大助のことは、思い出さぬようにしていた。

あれこれと思いを巡らせば絶望が胸に押し寄せるだけだとも思い、茜はただ、逃げることだけを考えて過ごした。

座敷牢には出入り口は一つしかない。格子につけられた扉だけだ。閂《かんぬき》がかけられ、鍵は時折茜の様子を見に来る城代の用人が持っている。用人は四十がらみの男で、足取りからは、それなりに武芸の心得があると思われる。食事は扉の下から差し入れられるだけで、鍵は開けられない。

牢のなかにいる限り、逃げる機会はない。

外に出されたときを狙うしかない。

そのときのために、茜は座敷牢のなかで、朝に晩に、辺りの気配に耳目をとぎ澄ます。閉ざされた暗い牢のなかから見えるものは限られているが、見えぬものであっても、耳を澄ませば感じ取れることは多い。

座敷牢は建物の北西の隅にある。それは、連れてこられたときに目で確かめた。人の足音は必ず北側の廊下を通って近づいてくる。西側には人気が少ない。牢の壁の裏は、すぐに屋外のようで、時折荷車の音がした。外へ通じる門が近いのではないかと茜は考えていた。表門ではなく、奉公人や商人が通る裏門だ。ということは、表門よりは出入りがたやすいはずだ。もちろん、番人くらいはいるだろうが……。

冷静に状況を考えれば考えるほど、絶望は胸に忍びよってくる。どれだけ知恵を巡らせたところで、警固の厳しい大坂城代の屋敷から、丸腰の女ひとりで逃げ出せるはずがない。判っているのだ、そんなことは。しかし、諦めることもできない。

いっそのこと、何もかも早く終わってしまえばいい。そうすれば、この苦しみから逃れられる。茜の胸には、そんな思いさえ生まれ始めた。

その朝は、夜明け前から雨が降っていた。

雨音が激しいと、人の気配も判らなくなる。茜はその日、気配を読むことに疲れ、座敷牢のなかで壁にもたれ、夢うつつで過ごしていた。夜の間もぐっすりと眠ることはしないため、気が緩むと睡魔に襲われる。気を張った毎日のせいで、体力も徐々に落ちてきている。

昼過ぎに、いつもの足音が近づいてきた。あの用人だ。

だが、普段は一人で現れる男が、三人の足音を伴ってやってくる。茜ははっと身を起こし、立ち上がった。なんとなしに感じたのだ。覚悟していたものが、来たのかもしれない。

姿を現した用人は、茜が強張った顔で立って待っていたことに一瞬、驚いたようだ。だが、すぐに言った。

「御城代内藤紀伊守様がお戻りになった。牢から出られよ、那々姫」

用人の指示と同時に、鍵を受けとった供の男が座敷牢の扉を開ける。

茜はごくりと唾を呑んだ。外に出られるのだ。これが好機となるのかどうか——。

牢の外に出た茜は、手を背中にまわされ、手首に縄をかけられた。一瞬驚いたが、これは罪人として引き出される——それを判りやすい形で示そうということなのだと覚悟した。

おそらくは、丁重な扱いも今日限りだ。次に閉じ込められるのは、罪人のための牢かもしれない。だとしたら、逃げることはもっと難しくなるのか、それとも……。

「ついてまいれ」

用人が言い、供の男が茜の左右を挟む形で付いた。後ろにも一人いる。手首を縛った縄尻を握っているようだ。

そのまま歩き出し、庭の見える廊下に出たとき、茜は思わずうつむきそうになった。日の光の元で、縄をかけられた姿で敵の前に引き出される。その屈辱に身が震えたのだ。

だが、この先に待つものは、もっと辛い時間に違いない。

茜は顔をあげた。

何があっても生き延びること。どんな目に遭っても、誇りを失わないこと。茜に残されたのは、その強い思いだけだった。


「ほう、これが豊臣の姫を名乗る女子か」

内藤紀伊守の第一声はそれであった。

庭に面した広い座敷の上座に紀伊守が座り、左手に若い侍が控えている。紀伊守もまだ三十路にならぬほどの年齢に見えた。これといって特徴のない顔立ちの、真面目そうな男である。

そして、右手には、あの寺嶋宗左衛門がいた。

ようやく城代の前で己の手柄を自慢できるときが来たからか、上機嫌で笑みを浮かべている。

茜は紀伊守の前に座らされた。囲むように付いていた男たちが、用人の合図で離れた。部屋の入り口に控えて座る。

「淀の方と似ていると聞いたが、なるほど、美しい。鎌倉の天秀尼殿とも瓜二つとのことだったな。まだ見つかってはおらぬようだが、そちらもじきに捕まえられよう。これだけの美しい女子を次々と殺さねばならんのは、勿体ないことよ」

つまらなさそうに紀伊守は言った。

茜はいきなりの宣告に息を呑んだ。覚悟していたことではあるが、やはり茜を待っているのは死なのだと唇を嚙む。だが、天秀尼まで殺すとは――。

茜は目を閉じた。

幼い頃に顔を合わせたことがあるはずの、瓜二つの娘。どうか逃げ延びて欲しいと茜は祈った。己が偽物か本物かと悩んだときには、偽物の天秀尼の存在に怯え、自らを脅かす者と感じたこともある。だが、今は、せめて自分の代わりに生き延びて欲しいと思った。偽物でもいい。豊家の姫は徳川の手になど落ちなかったのだと、世間に知らしめるためにも、生き延びて欲しい。もしかしたら、大助も、今は天秀尼の元にいるのかもしれない。そうであれば、きっと生き延びられる。大助は誰よりも強いのだから……。

「青ざめておるな。殺されるのが恐ろしいか。ならば、初めから身代わりなど立てず、おとなしく尼寺に入ればよかったのだ。そうすれば、死なずにすんだ。――もっとも、誰が身代わりで誰が本物かも判らぬのだがな。天秀尼が本当に身代わりなのだとすれば、わざわざ尼寺から逃げ出した理由も判らぬゆえな。しかし、まあ、そのようなことはどうでもいい」

紀伊守は目の前の茜に、ほとんど関心を示していないようだった。「岡村《おかむら》――」と用人を呼ぶと、

「今すぐにと言いたいところだが、今日はわが父の月命日ゆえ、殺生はならん。日を選んでな。人目にたたぬように首を斬れ。上様は来月には大坂にお見えになるゆえ、その際に首だけはご検分いただく。それでよかろう」

「は。では、数日のうちにでも――」

自分の死が淡々としたやりとりで決められていく。それを、茜は目を閉じたままで聞いた。空からはまだ激しく雨が落ちている。人の気配も足音もかき消すような雨音だ。

ふと思い出したのは、何年も前――あれはまだ、茜が十になったかならぬかの時分だ。

嵐のなかを、茜は逃げていた。大助に手を引かれて、山間の道を走っていた。夜のことゆえ、足元も見えない。寒くて暗くて怖かった。茜は泣きじゃくり、もう先へ行きたくないと訴えた。だが、大助は言ったのだ。闇と嵐のなかだからこそ、先へ行くのです、我らは陽の当たる場所には出られない、その代わり、闇と嵐は姿と気配を隠してくれる、誰よりも強い味方なのだから——。

茜の耳に、いきなりそのときの大助の声がよみがえった。

と、同時に、はっとした。もしや、これは……。

「寺嶋、どうだ、お前が捕らえてきた女だが——それでよかろうな」

「もちろんでございます」

寺嶋宗左衛門は場にそぐわぬ笑みを浮かべたままでうなずいた。

「しかしながら、御城代様、実はこの女子には妙な噂がありましてな。首を斬る前に、それについて、少々内密に、お話し申し上げたいことがありますのや」

「内密に、だと?」

「はい、内密に」

にやりと寺嶋は笑う。

「御城代様は、大坂は四天王寺に、〈在天〉と名乗る一族が棲んでおるのをご存じですかな？」

「〈在天〉……だと？」

「はい。大坂という古い底なし沼のなかに棲む、大蛇のような一族で。その者たちがこの娘を狙っておりましてな。その理由というのが……少々、内密の話になりますのや。お人払いを……願えますかな」

そう言いながら茜のほうを意味ありげに見る寺嶋の視線は、何を意味しているのか。もしや、例の隠し金云々の話を、この老人も知っているのでは――ふと、茜はそんなことを考えた。

しかし、今はそれはどうでもよいことだった。

余計なことに気をとられている場合ではない。

茜はそっと、縛られた手首を動かしてみた。背後にいた男が去ったあと、気づかれぬように密かに、ずっと縄目の位置を探っていたのだ。大丈夫だと確信する。

あとは、雨音に潜む気配だ。待ちこがれたひとのものではないように、茜には思われた。しかし、たとえ誰であったとしても、関係なかった。茜はここで死を待っているわけにはいかないのだ。利用できるものは利用する。生き延びなければならないのだ。

茜の様子には気づかず、紀伊守は怪訝そうな顔を寺嶋に向けた。

「ふむ……ならば、あとで聞こう。岡村、もうよい、その女子を下がらせろ」

「は」

用人は主人の命にうなずき、入り口に控える男たちに再び合図を送ろうとした。

「待て」

ふいに、城代が言った。

「そのほうの名を、聞いておこう。そのほう、豊臣の姫なぞと称しているようだが、本当の名をなんと申す」

茜への、問いかけだった。

茜は目を上げ、紀伊守を見据えた。

ふいに、雨音が止んだ。前触れもなく、雨があがったのだ。しん、と静寂が訪れる。

茜は口を開いた。

「私の名は――」

豊臣秀頼の娘、那々――天下人の姫として、その名を口にしようとして、茜は思い直した。

違う。自分の誇るべき名は、他にある。誰よりも大切なひとがくれた名だ。今まで自分が生きてこられたのも、この先生きていく力を得ることができたのも、みなそのひとのおかげだ。その名こそが、己の本当の名前なのだ。

「――あかね」

茜ははっきりと、その名を告げた。

七

茜が自らの名を口にした、その瞬間のことだった。

鋭い音が空を切り、茜の顔をかすめるようにして飛んだ。

「――っ」

声もなく、寺嶋が飛びすさる。老人とは思えない素早さだ。

それに驚いている余裕は、茜にはなかった。

茜は一挙動で立ち上がり、傍らの用人の手元に置かれた脇差しに飛びついた。

「な――この女《あま》」

隙を突かれ、脇差しを奪われて、用人が怒鳴る。

茜はそのときには、すでに鞘を払い、抜刀していた。

「貴様、いつのまに、縄を――」

茜は応えず、庭に飛び降りた。土砂降りにぬかるんだ土を裸足で踏みしめる。手首にまといついていた縄をふりすてた。縄抜けなど、真田の忍びにはお手の物だ。茜は八年もの間、真田忍びの手練れたちと身内のように暮らしてきたのだ。そのくらいできぬわけがない。

「たいしたものやな、姫君」

背後で、聞き覚えのある声がした。振り向くまでもない。まさかと思う気持ちと、やはりと思う気持ちが同時に胸のなかにあった。だが、先ほど飛んだ縄標を見たときから判っていた。甲斐だ。寺嶋にかわされた縄標を再び引き寄せ、再度構えながら甲斐は言った。

「ここから逃げたければ、おれの言うことを聞け」

「ばかなことを」

〈在天〉だかなんだか知らないが、得体の知れない男の言うことを聞く気などない。もう誰の手にも落ちるつもりはない。

どうして甲斐がここに現れたのか――それも気にはなったが、想像はついた。要は、甲斐はもともと茜を徳川の手に渡してしまう気はなかったのだ。鴻池屋のためにいったんは自らの手から譲り渡し、しかる後に、再び取り戻す。計画通りということだろう。しかし、これほど堂々と奪い返しに来るのは、賢いやり方とは茜には思えない。

茜が思案を巡らせている間に、甲斐の後ろから現れた人影が二つ、部屋から飛び出してきた男たちと斬り合っている。一人は見覚えのない男、もう一人は先だって九条村の近くでも見かけた若い女である。

「曲者《くせもの》……出会え、曲者が……！」

用人が大声をあげたが、その途中で甲斐の縄摽に喉笛を破られる。それを見て、内藤紀伊守は悲鳴をあげて逃げ出した。襖を開け、奇声を発しながら奥へと逃げていく。

「誰か……誰かおらぬか、曲者じゃ……」

うわずった声に応え、足音が部屋に集まってくる。その数は十や二十ではない。当たり前だ。ここは大坂で最大の権力を持った武家の屋敷なのだ。

茜は戸惑い、甲斐を見た。甲斐は悠然としている。たった三人で茜を連れて逃げ切るつもりなのか。

「……甲斐」

呻くような声がした。寺嶋宗左衛門が立ち上がり、甲斐を見ている。

「爺さん――久しぶりやな」

甲斐が縄摽を再び手元に引き寄せた。

引きつっていた寺嶋の顔に、そらぞらしい笑みが広がった。

「甲斐。よう来た。なるほど——立派になったものや。さすが、弓月王に育てられただけのことはある。お前のことや。その娘を取り戻しに来ると思とった」

味方を歓迎するかのような笑顔に、甲斐は苦く言った。

「あんたが、最後の誇りまで武家に売り飛ばすとは、思いたくなかった」

「何を言うのや、甲斐。儂は今も心底では……」

「曲者、何やつだ！」

「狼藉者《ろうぜき》が！」

老人の声は、庭を通って駆けつけてきた城代の家臣たちに遮られた。

甲斐が舌打ちし、茜に斬りかかってきた武士を、抜く手も見せずに一太刀で斬り捨てた。

「甲斐……」

「爺さん。あんたが今しがた、大坂城代に言った言葉を、おれが聞かなかったとでも思うのか——武家に〈在天〉を売って、何を得るつもりやった？〈白犬〉衆の誇りもなくしたか」

甲斐の言葉に、寺嶋が絶句する。

その間にも、さらに新手が襲いかかってきた。

甲斐は身を翻し、

「来い！」

茜に怒鳴り、そのまま庭の奥へと駆け出す。茜はためらったが、後に続いた。追っ手は甲斐の仲間が足止めしている。

奥のほうに屋敷の裏門があろうことは茜にも見当が付いていた。表にまわるよりは良いはずだ。

だが、そうはいっても、相手はあまりに多勢であった。

おまけに、茜は小袖姿で動きづらい。雨でぬかるんだ地面は足元をすべらせる。

奮った脇差をふるい、目の前の刃を振り払っても、茜の前にはすぐに次の敵が現れる。人数が減る気配はない。

甲斐もすでに、敵に囲まれている。

茜は必死で、敵の少ないほうへと走った。

どちらに走れば屋敷の外に出られるのかと、考えている余裕すらなくしていた。

「待て、女……」

「向こうに逃げたぞ」

背後から声が追ってくる。

気が付けば、茜は屋敷の中庭へと紛れ込んでしまっていた。袋小路である。しまったと焦り、元の場所に戻ろうとしたところで、追っ手と鉢合わせした。三人いる。焦って踵を返しかけたところで、背後からも二人、現れた。

「構わん、斬り捨てろ。どうせ殺す女だ」

怒鳴ったのは、先ほどの座敷にいた男の一人だ。

茜は小太刀を構えた。一対五では、勝ち目はない。それでも、負けるわけにいかない。目の前の男が刃を振り上げ、飛びかかってくるのを、茜はぎりぎりまで引きつけ、身をかわして胴を薙《な》いだ。呻き声とともに男が倒れる。だが、もう目の前に二人目がいる。間に合わない――。

茜が死を覚悟したそのとき、男が声をあげて目を覆った。一瞬の隙を見逃さず、茜は小太刀で男の胸元を突く。

さらに、身を翻し、後ろの敵に身構えた。

そのときには、茜の目には、そのひとの姿が映っていた。

屋根の上から音もなく飛び降り、瞬く間に二人を屠《ほふ》る。右手に刀を、左手にはいつもの角手だ。同時に、左手から鉛のはじき玉を放ち、三人目の目を潰すと同時に、斬り捨てる。

あっという間だった。

茜は呆然と、その後ろ姿を見つめた。

立ち止まっている場合ではないと判っていても、動けなかった。

「茜様、お怪我は？」

振り返り、男はそう訊ねた。いつもと変わらぬ口調だった。まるで、顔を合わせなかった時間などなかったかのように。

大丈夫よ、と茜は応えた。声が震えた。

大助がうなずき、微笑した。茜は思わず、その腕にすがりつきそうになった。幼い頃のように。

だが、懸命に我を抑える。今は、そんなことをしている場合ではない。

「こちらへ、茜様。外へ逃げます」

大助は茜の腕を掴み、走り出す。

ええ、と茜はうなずいた。

大助が来てくれた。それだけで、茜の胸の内はあたたかな想いに満たされていく。これで、もう何も怯えることはない——。

茜の目から、我知らず、涙がこぼれた。

このひとについていこう。

茜は改めて胸に強く誓っていた。

たとえ、この先に何が待っていようと、このひとだけを信じていくのだ――。


大助は迷いなく中庭から外へ出ると、茜の手を引き、白壁に沿って奥へと向かう。

いつのまにか、雨が止んでいた。あれほど激しかった雨音が消え、人の声と足音だけが響いている。

走りながら茜は無意識に、甲斐の姿を捜した。このときの茜は、甲斐と大助が同時に現れたことを、ただの偶然と思っていた。というよりは、甲斐が現れたゆえの混乱に、潜んでいた大助が便乗したのだろうと考えていた。

でなければ、敵どうしでもある二人が、時を同じくして姿を見せた理由が判らなかったのだ。

なんとか門までたどり着けるかと思いきや、行く手にやはり、数名の男が現れた。大助が足を止め、茜もそれにならう。やはり、簡単には逃げられない。

「上や!」

いきなり声がした。

振り仰ぐと、白壁の上に人影がある。甲斐だった。茜に向かって何か投げる。いつもの縄標だが、勢いが緩い。茜はとっさに、刃の根元を掴んだ。

「来い」

甲斐が怒鳴った。

白壁の上までは、人の背丈以上もあるが、縄標の縄を掴み、壁を蹴って上れば、茜の敏《びん》捷《しょう》さであれば、上がれないことはない。これもまた忍びの技のようなものだ。だが、甲斐の手を借りて良いものか……。

茜は戸惑い、大助を見た。大助がうなずいたことに、茜は驚いた。

しかし、迷っている暇はない。

茜は縄標を掴み、地面を蹴った。同時に、甲斐が縄を引く。壁を垂直に蹴りながら、茜は壁を一気にあがろうとしたが、途中で足を滑らせた。体が宙に投げ出されるところで、甲斐の手が茜の腕をつかみ、壁の上に引き上げる。

甲斐はそのまま、茜を連れて、壁の向こうに飛び降りた。

そのまま駆け出そうとする甲斐の腕を、茜は振り払おうとした。大助が、まだなかにいる。相手は武士で、多勢に無勢である。いくら大助でも、一人では無理だ。

甲斐が茜の意図を察してか、腕を掴んで引きとめた。

「放して、大助が……」

そう言ったとき、茜は気づいた。白壁のなかで半鐘が鳴っている。何ヵ所からも煙があがっているのも見えた。

「火を放ったの？」

甲斐の仲間のやったことだと、茜には直感的に判った。

「煙だけや。この雨では火を放ってもな……。それに、火は町を焼く」

「でも、どうして、大助がお前と……」

そう言ったとき、ひらりと壁の上に現れた人影があった。

「大助！」

「茜様」

大助は音もなく、茜の前に飛び降りる。茜は迷わず大助に駆け寄った。それから、甲斐に目を向ける。二人が斬り合いになるのではと茜は恐れたのだが、甲斐は大助に言った。

「東横掘川に舟がいる。笛の音をたどって行け」

そのまま、己は踵を返し、再び壁の向こうに戻ろうとする。その背に、大助が言った。

「寺嶋は、逃げましたよ」

甲斐は意表を突かれたように立ち止まる。

「寺嶋を捜しに行くと、何故判った」

「先ほどの話を聞いていれば、想像はつく」

ちっと甲斐は舌打ちをした。

「なら、爺さんは後回しじゃ。まずは、村のほうを、片づけてしまわんとな」

「村……？」

茜は怪訝な顔で聞き返した。

八

甲斐が去ったあと、お龍は明石掃部らとともに、吉利支丹の隠れ家に留まった。

一蔵は、一人で鴻池屋に戻っていった。吉利支丹衆を逃がす船の支度を整えなければならないからだ。

一蔵は、お龍を残すことに難色を示した。吉利支丹衆をそこまで信頼はできぬというのだ。

だが、お龍は足に傷を負っていて一人では歩けない。その状態で帰宅したところを役人に見られれば、何があったのかと怪しまれよう。

結局のところ、一蔵は折れた。

「お龍さんのことは私がお引き受けします」

天秀尼が請け負ったことで、しぶしぶ納得したのだ。お龍も一蔵も、天秀尼とは初対面なのだが、清冽な双眸《そうぼう》を持つ尼御前の言葉には、不思議とひとを信頼させるものがある。

とはいえ、帰っていく一蔵の背が、木立の向こうに見えなくなると、さすがにお龍も不安になった。もうこの場には、お龍の味方はいない。豊家の残党と吉利支丹だけだ。

「お龍殿」

声をかけられ、お龍が振り返ると、立っていたのは大助だった。

茜を奪いに行く――そう言って去っていった甲斐と、行動をともにするものとばかり思っていたお龍は、この男がまだその場にいることに気づき、訝った。

「茜様がお世話になったそうで。礼を申します」

「え、いえ……うちは何も……」

お龍は慌てた。

戦に敗れた今となっては一介の浪人者には違いないが、しかし、あの名高い真田幸村の子息、大名の嫡男である。それにふさわしい風格を窺わせる物腰や、秀麗な相貌《そうぼう》だけでも、お龍は困惑した。

しかし、どうしても伝えておかなければならないことがある。

「あの……茜はん、貴方のこと、ずっと待ってはりました」

大助は何も言わない。

「あの守り袋も、きっと貴方が茜はんを助けに来るから、渡してほしい、貴方を信じてると伝えてほしい――て言うてはりました」

「そうですか」

揺らがない表情に、お龍は不安になった。

「あの……茜はんのこと……大事に思てるのと違うんですか。茜はんの元から消えてたていうのは――茜はんが本物かどうか疑ってたからですか」

お龍が聞いたとて、応えはしないだろう。そう思いながらの問いだった。実際、お龍には、豊家の主従にそこまで関わり合う筋合いはないのだ。ただ、気になるというだけだ。茜が肩を震わせ涙をこらえながら名を告げた男の、茜に対する冷静な態度に、同じ女としてやりきれぬものを抱いてしまっただけだ。あの守り袋も、本当に、甲斐に譲ってしまうつもりなのだろうか……。

だが、意外にも、大助は言った。

「茜様が本物の姫であることを、証してくれるひとを捜しに行っていたのです。私たちは互いに、本当は何も、信じられるものなど持っていない。だが、あの方には確かな支えが必要だった」

「そんなん――きっと茜はんは、貴方にひとこと言ってもらえるだけでええのに」

お龍の言葉を、もう大助は聞いていなかった。

微笑だけ残して、歩き出している。

茜を助けに行くのだ。確かめずとも、それは判った。

辺りを払うような堂々たる足取りの後ろ姿を、お龍は黙って見つめた。

決して折れぬ信念を持った男だと思わせる姿だった。どこか、甲斐にも通じるものがある。見た目はまるで似ていない、むしろ、正反対の印象を与える男たちであるのに――。

木立の向こうに消えるまで、お龍は大助を見送った。

大助の姿が消え、視線を傍らに戻したとき、お龍は気づいた。天秀尼もまた、大助を見つめていた。潤んだ瞳に宿る色にお龍ははっとなる。もしや、この尼御前は、あの青年のことを……。

天秀尼はお龍の視線に気づき、恥じらうように顔を伏せた。

そのまま、隠れ家のほうに去っていく。

お龍は声をかけずに、その姿を見送った。思い違いかもしれないとは思う。お龍の知っている限りのことでしかないが、天秀尼と真田大助とは、出会って間もないはずではないか。

だが、こういうことは、時間の長さではないのだ。惹かれてしまうものは、どうしようもない。

そう思いながら、お龍は胸の内で、ある男と自分とが出会ってから今までの長さを数えかけ、慌てて打ち消した。そんな気持ちを抱いているわけではないのだ、自分は、あの男に対して。頼りになる用心棒だと思っているだけだ。――少なくとも今はまだ。

だが、思い浮かんだ姿は、すぐには消えない。

危険が待つに違いない場へ、向かっていった男だ。どうか、無事に戻ってきますように。

お龍はそのひとの無事をそっと祈った。

お龍は結局、その晩、吉利支丹の隠れ家で過ごした。

翌日は、朝からひどい雨になった。

茜はどうなったのか。甲斐は――大助は。誰もが不安に思いながら、もたらされるべき知らせを待っていた。

一蔵からの知らせも、まだ来ない。

新六は、早ければ今日の晩にも船を用意すると行っていた。異国へこぎ出す支度までは無理でも、とりあえずは、吉利支丹たちを乗せて大坂を出られればいい。

「確かに、それでええ。航海に必要なものは、あとから川舟で届けさせることもできる」

村の長老の倅十郎兵衛もそう言った。

「ともかく、早くここから出さえすれば……」

そう言った十郎兵衛の胸には、吉利支丹衆に早く出て行ってもらいたいと思う気持ちもあるように、お龍には思われた。

十郎兵衛の親は太閤秀吉にもゆかりのある出自だと聞いたが、十郎兵衛はそうではない。徳川のおさめる泰平の世において、豊家残党の吉利支丹は、確かに厄介なものではあっただろう。追い払いたい気持ちがあったとしても、当然のことだ。

戦を知る世代が哀れんで匿った吉利支丹を異国へ送り出し、その後、川筋を整えて村に商人を呼ぶ――それこそが、村を新しく生まれ変わらせるために必要なことなのだ。

「姫様だ……」

見張りの者が駆け戻ったのは、夕刻も過ぎてからだった。

雨は昼過ぎにぴたりとあがり、空には晴れ間が戻ってきている。

お龍は慌てて、外に出た。天秀尼や明石掃部、そして、傷を負った忍びの才蔵も急いで飛び出してくる。

木立の向こうから歩いてくるのは、間違いなく茜であった。いつもの若衆姿ではなく、艶やかに花を散らした綸子の小袖をまとい、髪を背に垂らした姿である。目を見張るほどに美しい。

いや、美しいのは、着物のせいではない。春の日差しのような穏やかな表情のゆえだ。お龍には判った。茜はお龍が初めて見る、明るい笑みを浮かべていた。

寄り添うように茜の傍らには大助がいる。茜の輝くような表情は、そのためだろう。

大助様、と才蔵がつぶやいた。安堵の色のにじむ声だ。

甲斐の姿をお龍は捜したが、見えない。一緒には来なかったのだろうか。まさか、甲斐の身に何かあったわけでもなかろうが……。

茜はしっかりとした足取りで、お龍らの元までやってきた。

「那々姫様、ようご無事で……」

「姫様、お会いしとうございました」

吉利支丹衆が口々に、茜を呼んだ。

茜は目を細めてみなを見回した。

「姫様、先だってのご無礼の数々を……」

身を低くして謝りかけた明石掃部を、茜は手で制した。

「大助から話を聞きました。京の京極竜子殿のところから、大助が文を持ってきてくれたのだと」

「はい。国松丸様の文でございます」

「その文には、このたびの騒ぎのこと、私の身を守るためだったと書かれていたのだそうね」

「そうです。我らが囮《おとり》となって徳川の目をひきつけ、天秀尼殿とここで……」

「いいえ。私のために命を投げ出すことなど、考えてはなりません」

凛とした声で、茜は明石の言葉を遮った。

「我が弟にして豊家の嫡子国松丸様のお考えは、豊家を守るためのもの。けれど、今、このような事態になってしまったあとでは意味のないこと。徳川の追っ手は今後も私を捜そうとするでしょうが、それは私が引き受けねばならぬことです」

「しかし、那々姫様……」

「大丈夫。私は決して仇の手に落ちたりはしないわ。——大助がいるもの」

茜は力強く言った。

明石は大助を見た。大助は何も言わない。ただ黙って茜の側に控えている。

茜はもう一度、みなを見回した。

「国松丸様も、いたずらに死に急ぐことを望まれるはずがない。みなは生き延びてください。異国の地で、新たな幸せを見つけるのです。それが私の願いです」

「那々姫様……」

明石は涙を浮かべ、再び深く頭を下げる。

それから、茜は明石の隣に立つ娘に顔を向けた。天秀尼である。

「天秀尼殿。あなたは……」

「那々姫様、知らぬことだったとはいえ、お名前を騙《かた》り、姫様になりすました罪、どうぞお許し下さい」

天秀尼は消えそうな声で言い、明石以上に深く頭を下げた。

茜はその姿をじっと見つめていたが、

「いいえ。あなたは本当の豊家の姫。本物の那々姫だわ」

「え――」

天秀尼は戸惑ったように、顔を上げた。

明石や、周りの者たちもみな、怪訝そうな顔になる。

茜は続けて言った。

「私がそうであるように、あなたもまた、豊家の姫。その誇りを持って、今まで母上とともに生きてきてくださったことに、感謝しています」

「姫様……」

「そして、この先もどうか、その誇りを失わずに生きてください。みなとともに」

茜はそう言って、天秀尼にうなずいてみせた。これから異国の地に向かうかつての豊家の家臣たちの心の支えとなって欲しい——その祈りを込めた言葉なのだと、その場の者にも伝わった。

天秀尼もその意味するところは感じ取ったようだ。双眸に涙を浮かべ、じっと茜を見つめ返した。

だが、その表情をふと引き締めると、天秀尼は言った。

「ならば、姫様。この後、私が徳川の手中に戻り、再び那々姫として生きることをお許し下さいますか」

「え——」

茜は意表を突かれたように、言葉に詰まった。

「私は東慶寺に戻り、もう一度、天秀尼として生きようと思うのです」

「でも、それでは……徳川にどんな罰を受けるか……」

「私は将軍の娘千姫様の養女となった身。さらに、東慶寺は鎌倉幕府の執権北条貞時《ほうじょうさだとき》様以来の古刹。徳川家といえど、一度その門に入った尼を手にかけることなど、決してできはしません。ゆえに、私はもう一度、寺に戻ります。そして、豊家の姫として誇りをもって生きることを、どうぞお許し下さい」

天秀尼の顔には揺るがぬ決意があった。お龍にも、まわりの者たちにもそれは判った。この娘がただの身代わりなどということはやはり嘘なのではないか——そう感じさせるほど、気品と威厳に満ちた声だった。

茜も、驚いたように口をつぐむ。

「那々姫様」

明石掃部が、横から割って入った。

「天秀尼様を無理矢理に寺から連れだしたのは、我が手の者。豊家復興を夢見た愚かな年寄の無謀な企み。そう告げ、この老いぼれの命を差し出せば、徳川家は文句を言いますまい。少なくとも、表だっては」

「それは……そうかもしれないわ。けど……」

茜は戸惑い、傍らの大助を見た。

大助も、さすがに困惑している。

明石掃部もまた、大助に目を向けた。

「真田殿。この年寄の願いを聞いてくだされ。儂と天秀尼様とで話をし、決めたことなのじゃ。儂はもう老いた。今さら異国の地へおもむいても、みなの足手まといになるだけ。ならば、最後に、豊家のために恩を返して逝きたいのじゃ。これ以上、生き恥をさらしとうはない」

「明石殿……」

大助の表情が、かすかに揺れた。その表情に陰りが差したのを確かめた上で、明石は続けた。

「しかし、真田殿。其方《そなた》はまだ若い。あの戦場で討ち死にせず、こうして生き延びることになったのも、其方の宿命じゃ。それを受け入れ、今も姫君とともにある其方を、左衛門佐殿も誇りに思っておられよう。それは儂とは違い、生き恥などというものでは決してない。そのことを忘れず生きられよ」

明石の言葉に、大助は何も応えない。

明石は目を細めてそんな大助を見つめ、うなずいてみせた。

「那々姫様を頼むぞ。姫様の身にはまだ、平穏は訪れまい。ことに、あの隠し金の噂が消えぬ限りはな。儂もその真偽は判らぬ。国松丸様に会う以外に真実を知る術がないのかもしれんが、今はその行方も定かではない。京極竜子様の元に届く文だけが頼りとなれば、その若君との再会を待つだけの時間は、もう儂にはなかろう。しかし、貴殿は違う。姫様も、貴殿のような忠臣がそばにいれば安心じゃ。一時でも疑いの目を向けたことをお許しくだされ。そして――いつか、国松丸様と再会の叶うことを祈っておる。那々姫様をくれぐれも、頼むぞ」

繰り返す老将を、大助はしばし黙って見つめた。

「――命にかえても、必ず」

沈黙のあとに応えた言葉は、明石の申し出を受け入れるものだった。

でも……と茜は口を挟みかけたが、そこで呑み込んだ。

武将として戦いの場をくぐり抜けてきた男には、そうでない者には判らぬ誇りがあるのだ。明石の顔に浮かぶ堅い意志は、茜にそのことを告げている。それは武将でも男でもない茜には、判らぬものなのかもしれない。

いずれにしろ、苦難の人生を生き抜いてきた老人の最後の願いであれば、拒むことは茜にはできなかった。

茜は潤んだ瞳で明石掃部全登を見つめ、ありがとうと頭を下げた。

それから、天秀尼に向き直り、

「ならば、どうぞ、お望みのままに。——どうか、誇りを持って生きてください。豊家の姫として」

「はい」

二人の娘は、どちらからともなく手をさしのべ、互いの手を握り合った。細い指がしっかりと絡み合う。

不思議な光景だった。

お龍も、瞬きもせずに、それを見つめた。

まるで双子のようにそっくりな、二人の美姫。だが、今後、二人は二度と会うことはないだろう。離ればなれで、別の人生を生きるのだ。二人とも、天下人の血を引く姫として。

ふと、お龍の胸に疑問が湧いた。これだけそっくりな二人なのだ。もしや、本当は二人とも秀頼の血を引く姫で——本当は双子なのではないのか。高貴な身分の家では、双子は厭われ、一人だけしか実子とは認めず、二人目の存在を秘すこともあるというではないか。

だが、それは今となっては判らぬことだ。そして、確かめる必要も、ない。

天秀尼との別れを終え、茜の目が次いで、お龍に向いた。

「お龍さん」

「え……はい」

「豊家ゆかりの者たちを、鴻池屋が助けてくださること、心からお礼を申します」

「いえ、そんな……うちはうちで、商売のためにやることとです。茜はんのためでもないし……そんなふうに頭、下げんとってください」

お龍の言葉は本心である。鴻池屋が船を出すのは、豊家の旧臣を助けるためではない。鴻池屋が、この大坂の町で、新しい時代に向けて漕ぎ出すためだ。

お龍がそう告げると、茜はどこか安堵したようにも見えた。

「鴻池屋には、鴻池屋の目指すものがあるのね」

古いしがらみのゆえにとる行動ではないのだと知って、茜も納得したのだろう。

「ええ、もちろん」

お龍はうなずき、それから、思いを込めて言った。

「けど、本当に良かった。茜はんともう一度会えて。茜はんが……もう泣いてへんのを見られて」

茜は一瞬戸惑い、それから、少し恥ずかしそうに微笑みを浮かべた。

「……ところで、茜はん、聞きたいことがあるのやけど……」

ためらいながら、お龍は口を開いた。

「何？」

「甲斐は、どうしたのやろ。まさか……怪我でもしたとか……」

「いいえ、無事よ」

お龍の心配そうな声を察したのか、茜はすぐに応えた。

だが、

「なら、今、どこにおるの？」

そう訊ねると、茜はやや困惑したような顔で、口ごもった。

九

すでに日は落ち、町は闇に包まれ始めている。

老人は、ある寺にいた。正確には、逃げ込んだというべきであろうか。

一向宗の寺院である。さして大きな寺ではない。

戦のあとに町を整えた徳川家は、寺はすべて、町の南北のはずれにおかれた寺町に集め、僧侶の集住を求めた。

例外は一向宗で、かつて一向一揆で人を集め、戦国の世を騒がせた宗門の力を恐れた徳川家は、一向宗の寺が一箇所に集まることを禁じた。

ゆえに、一向宗寺院は大坂の町中に散らばっている。

老人が隠れていたのは、そんな町中にある寺院の一つだった。

（ここならば、あの連中も簡単には見つけられまい……）

大坂の町にいる限り、連中の目から逃げることは難しい。それは老人にも充分判っていた。〈在天別流〉――古より伝わる名の元に、大坂の闇に強大な力を持ち続ける忍びの一族である。

古代難波宮において、帝より、密かに都の守護を命じられた闇の氏族の末裔と言われ、いまだにその務めを果たし続けている。すでに密命を与えた帝は浪華を去り、今の〈在天〉に主はいない。しかし、まるでそうすることでしか生きられぬかのように、戦い続けているのだ。

海の向こうから渡ってきた渡来の民であるともいわれ、表の顔は、四天王寺に舞楽《ぶがく》を奉仕する楽人の一族。舞を舞い、笛を奏でる優美な姿の裏で、町の守護者として手を血に染めることを厭わない。恐るべき、誇り高き者たち。

（しかし、儂は何も、奴らに狙われるようなことはしておらん……）

老人――寺嶋宗左衛門は、己に言い聞かせるようにつぶやいた。

徳川家にすり寄り〈在天〉を売った――確かにそうかもしれぬ。寺嶋はかつて、〈白犬〉衆と呼ばれた一味の一人だった。大坂本願寺が織田信長と戦った折り、表だっては一向宗門徒と名乗らぬが、密かに武家と戦い、本願寺を守った。当時の本願寺が、その堅固な城壁ゆえに「城」と呼ばれていたことから、城を射ぬ――〈白犬〉と隠語で呼ばれた。

寺嶋宗左衛門は、〈白犬〉衆の仲間には、宗左と呼ばれていた。

ただし、〈白犬〉衆には〈在天〉のような血の絆はない。あるのは、ただ、信仰の絆のみ。信仰を胸に抱き、この町を武家の思うままにせぬことを誓い、表だっては仲間であることを表さず、密かに筋を通して生きる。

（今だとて、儂の生き方は、〈白犬〉衆として恥じるようなものではないはず……）

この町に武家の領主を戴かぬこと――それは、〈在天〉にも〈白犬〉衆にも通じる誓いであった。武家よりも古くから大坂にいる――その自負ゆえの、誓いである。ゆえに、双方はときに手を結び、同盟する。

あのときもそうであった。

宗左の身内を含む、百人もの町の者が豊臣家によって殺された、あのときだ。老人は何とかして身内を助けたいと思い、〈在天〉に助けを求めた。

だが、結局、助けることはできなかった。武家の力には、敵わなかったのだ。

ゆえに、宗左は決めた。これからは、武家にすり寄り、寄生し、その手足となって生きる。手足となれば、いずれは胴体や体をも、自由に動かせるようになるかもしれないではないか。時代は変わった。かつてあれほどに力を持った一向一揆衆すら、今は滅び去った。強大になった武家に対抗するためには、それしかないのだ。

そのために、一時の屈辱に耐え、武家の手足となることの、何が悪いのか。

「儂は、何も悪うない……」

声に出してつぶやいた、そのとき。

宗左の耳に、聞き覚えのある音色が届いた。

笛の音である。高く、あるいは低く、音色は流れ続ける。宗左はびくりと身を震わせた。

間違いない、龍笛の音色である。葬送の楽《がく》――奴らが来たのだ。

いや、しかしながら、音色はまだ、さほど近くはない。今なら、逃げられる。

宗左がそう考えた瞬間だった。

ふっと背後で気配が揺れた。

まさか――と宗左は振り返った。

そこに、一人の男が立っていた。

「爺さん。こんなところに隠れて、どないするつもりや」

「……甲斐……」

宗左の顔が、一瞬で蒼白になった。甲斐の手がすでに刀の柄にかけられているのを見、さらにその顔は白くなる。

「甲斐……お前……まさか、命の恩人を殺す気と違うやろな。儂が、あの山に連中を連れていかなんだら、今頃お前は……」

「そうやな。爺さんのおかげでおれは命を救われた。血の繋がった身内は亡くしたが、代わりにそれ以上に強い絆で結ばれた仲間を得た。この町を守るという、貴い使命もな」

「そ、そうじゃ。すべては、儂のおかげ……」

「その使命が、爺さんを許せんと判断した。――なあ、爺さん、あんた、あまりにもやりすぎた。武家の力にすがり、新たな町を担おうとするものを痛めつけ……誇りをどこに捨てた?」

「あれは……ただ、儂は……」

もたもたと言い訳をしながら、宗左は後ろにまわした手で、ひそかに刃の鞘を払った。

袂《たもと》に隠していた懐剣《かいけん》である。

甲斐がふと視線をそらした。恩人を斬ることをためらっている――宗左はそう思った。

次の瞬間、宗左は老人とは思えぬ素早さで、甲斐に飛びかかろうとした。

甲斐の刀が一閃《いっせん》した。

抜く手も見せず、甲斐は寺嶋宗左衛門を斬り捨てていた。

寺嶋はゆっくりと倒れ伏す。

「甲斐……弓月王に……」

続く言葉はもはや声にはならなかった。

甲斐は足元に崩れた老人を見下ろした。

「すまん、爺さん」

つぶやいた声は、苦しげだった。許せぬ背信者と思っていたとしても、間違いなく、寺嶋宗左衛門は甲斐にとって恩人の一人であったのだ。この男がいなければ、甲斐の人生はあの山のなかで終わっていた。〈在天〉の頭目弓月王に拾われることも、その後、誇り高き生き方を教えられることもなかった。

南無阿弥陀仏、と甲斐はつぶやいた。

きっとその言葉が、寺嶋宗左衛門を浄土へと導くだろう。そうであってほしい。

「……お済みですかな」

しばらく甲斐は、その場で呆然としていたらしい。

部屋の外から声をかけられ、我に返った。

「ああ」

応えて、部屋の障子を開ける。そこにいたのは、この寺に出入りする門徒の一人である。男もまた、〈白犬〉衆と呼ばれる同志の一人であった。同志であるはずの宗左の変節ぶりを見かね、ひそかに甲斐と通じていたことを、宗左は最期まで知らなかったようだ。

「ならば、あとのことはこちらで」

「頼む」

甲斐は短く言い、刀を鞘におさめ、部屋を出た。

弔いの音色が、まだ遠くで聞こえている。かつて仲間であった者の死を悼む音色だ。あれを吹いているのは、寺嶋が最後に呼んだ男であろうか。

甲斐は、一つ大きく息をつくと、歩き出した。いつまでも、感傷にひたってはいられない。

一つの懸念は片が付いた。

しかし、まだ目の前には、多くのことが残されている。

甲斐は急ぎ足で、寺を出た。向かうのは、九条村である。町はずれだが、舟を使えば、そう遠くはあるまい。

鴻池屋が無事に吉利支丹を乗せた船を出すまで、見届けなければならない。

徳川の役人などたいして問題ではなかろうが、しかし、警戒は必要だ。そのほかにも、気に掛かることはあれこれある。動乱の波がおさまることのないこの町で、武家の横暴と戦いながら新たな町を造り上げげんとするのは容易なことではない。

たった今、流した血の重み――それ以上の重荷をも、背負っていかねばならぬはずだ。信じるもののためとはいえ、それがどれほど困難なことであるか……。

己の前に続く道の遠さを思い、甲斐の顔には陰りが生まれる。この命をかけても悔いはないと思ってはいる。

だが、はたして、それだけの覚悟を抱いていたとて、己の手でどれだけのことができるものか。そのために、どれだけのものを犠牲にしなければならないか……。

知らず、甲斐の足取りが、重くなり――そのとき、甲斐の頭のなかに、ふと一人の娘の顔が浮かんだ。

この町の商いを変えるため、がむしゃらに逆風に向かおうとしている娘だ。少々無鉄砲なところはあるが、情の豊かな、怖いもの知らずの娘。

そのまっすぐな眼差しを思い出したとき、甲斐の胸にひろがっていた陰りは、薄らいでいくように思われた。

甲斐はお龍とともに九条村にいるであろう者たちの顔も、思い浮かべた。豊家の姫、真田の忍び、老いた吉利支丹の武将。

豊家の隠し金についても、むろんのこと、甲斐は手を引くつもりなどない。茜のことも――そう、この町に現れた以上、〈在天別流〉の目から逃れさすつもりは、決してない。

甲斐の懐には、今もあの守り袋がある。そこに何か秘密が隠されているとしたら、それは何なのか。

大坂の町は、まだまだ落ち着きそうもない。それもまた良しだ。そう思い、甲斐はにやりと笑った。

だからこそ、命をかけるだけの価値があるというものではないか。ためらっている暇などない。

甲斐は歩き出した。新たな時代を担う者たちのところへ。

二日後、吉利支丹衆を船底に隠した庚申丸が、船頭熊八に率いられ、大坂の湊からひそかに出港した。

同時に、大坂城代の元に、東慶寺の尼僧天秀尼が引き渡された。豊家復興を目論む謀反人どもに拉致されていたが、大坂町奉行所の役人らの働きにより見つけ出され、大坂城代内藤紀伊守によって保護されたのである。

天秀尼はその後、徳川の護衛に守られて、鎌倉に送り届けられることになる。

東慶寺に戻った天秀尼は、その後、二十世住持《にじゆっせいじゅうじ》として仏に仕える日々を送った。駆け込み寺としても知られる東慶寺において、傷ついた女たちの救済に心を砕き、幕府や大名の権力にも恐れることなく寺法を守りぬいた誇り高い生き方は、後世にも広く語り継がれることになる。

しかしながら、その天秀尼が正保《しょうほう》二年（一六四五）、二月七日、三十七歳で世を去った際、遺品のなかに吉利支丹の聖餅箱《せいへいばこ》が存在したことは、寺の外には決して洩らされなかった。ご禁制の吉利支丹の聖具は、寺宝の目録にも記されず、人目をはばかるように土蔵の片隅に隠され、いつしか来歴も忘れ去られることとなる。

再びこの聖餅箱が人の目に触れたのは、徳川の世が終わり、吉利支丹禁制が解けた後のこと。そのときには、残念ながら、天秀尼と吉利支丹の関わりを知る者は一人としていなくなっていたのだが――それははるか後の話。

庚申丸出港の翌日——元和九年、六月二十八日。

江戸の大納言徳川家光は、十万を超す軍勢を率いて城を発ち、東海道を京へ向かった。

父である徳川幕府二代将軍秀忠は、一月以上前の五月十二日に江戸城を出立している。

生来病弱な家光は、父とともに出立する予定であったにもかかわらず、病に罹《かか》り果たせなかった。平癒《へいゆ》の後に、吉日を選び直し、ようやくの出立となったのだ。

「大納言様、京に向けて御首途——」

その知らせはすぐに東海道を駆け、上方へ走る。

豊臣家の滅亡から八年、時代はいよいよ、生まれ変わろうとしている。

戦国の世を知らぬ生まれながらの将軍徳川家光が、父の譲りを受け江戸幕府の三代将軍を名乗るのは、一月後のことである。

同じ頃、大坂内久宝寺の鴻池屋にも、後に新たな時代を担うことになる、一人の若者が訪ねてきていた。

母の住む鴻池村を離れ、父や兄姉を頼って大坂市中に出てきた、鴻池新六の八男、新九《しんく》郎《ろう》である。

お龍の年子の弟であるこの新九郎こそが、後に鴻池善右衛門《ぜんえもん》と名乗り、今橋《いまばし》に店を構え、大坂の商売を背負い、時に大名をも動かすほどの力を持った大両替商鴻池の、初代と呼ばれた男であるのだが――これもまた、後の話。

長い泰平の時代に向けて、世が元和から寛永《かんえい》に移り変わろうとしていたこのとき、鴻池屋はまだ、新たな海へ乗り出さんと野心に燃える、新興商人の一人でしかない。

大坂市中には、将軍の命を受けた諸大名の手で、市中を見据える高台の上に再び巨大な天守閣の建築が始まった。

同時に、町場を隔てた西のはずれでは、町人の都大坂にふさわしい湊を整えるべく、川筋普請の準備が整えられ始めている。

川が横切る村に住む者たちも、それぞれに期待や不安を込めた目で、成り行きを見守っていた。

村人たちは、いずれ本格的に普請が始まれば、みな人足として加わることになろう。その後もおそらく、村は湊とともに生きることとなる。

村の少年佐助も、葭の原をかきわけて川を見に行き、胸を躍らせながら、川筋の検分をしている大人たちを眺めた。

「……おれも、手伝うのや。お父ちゃんと一緒に」

佐助の隣では、親友の文太が目を輝かせながら言った。

「もちろん、おれもや！」

佐助は負けじと言った。

それから、文太をちらりと見て思った。確か、文太の父ちゃんは普請に反対していたはずではないか。いつのまに意見を変えたのかと意地悪く言ってやろうかと思ったが、やめた。そんなことはどうでもいい。今、村の者たちは、この先のことだけを考えて、みなが期待に胸をふくらませている。それでいいではないか。そう、昔のことなど、どうでもいいのだ。そういえば、文太とも大げんかをしたことがあったはずだ……そんなことも佐助は思い出したが、すぐに首を振った。そんなん、どうでもええことや。

「もっと先まで、行ってみんか」

文太が言った。

「おう、行こう」

佐助はうなずいた。

そのまま二人の少年は駆け出した。川の向こう――湊へ続く道を、まっすぐに。

乙女目線●特別対談
宿命と戦う、男装プリンセスのかっこよさ！

堀江宏樹×滝乃みわこ

「大坂」を描く新鮮味

滝乃みわこ（以下、滝乃）　まず、大坂を舞台にした時代小説って珍しいなと思ったんですけど。

堀江宏樹（以下、堀江）　圧倒的に江戸を舞台にしたものが多いんじゃない。大坂は何百年ものあいだ領主をおかず、自由貿易で栄えてきた町で、昔からとても現代性がある町だと思います。経済を第一に考えていた織田信長《おだのぶなが》とか豊臣秀吉《とよとみひでよし》がそれに着目してきたという歴史があった。そこが農業を優先に考えていた徳川家康《とくがわいえやす》との違いですよね。

滝乃　これは面白い！　って思ったのは、鴻池屋《こうのいけや》について丹念に描写されているところ。鴻池屋の内実とか成り立ちみたいな部分をこれくらいきっちり描いている時代小説ってまず珍しいですし、設定は江戸初期だけど、戦国期の混乱が残っているような時代を描いた作品は、ほかにないいんじゃない？　私、鴻池善右衛門《ぜんえもん》（歴代当主の名）のお墓参りに行ったことがあるんです。鴻池屋始祖の山中新六《やまなかしんろく》って、「山陰の麒麟児《きりんじ》」と言われた山中鹿介《しかのすけ》幸盛《ゆきもり》の子孫ですよね。善右衛門といっしょにまつってありました。それが天王寺《てんのうじ》にほど近い鴻池家の菩提寺にある。築山先生は京都ご出身ですが、大阪にずっと住んでいらしたんですよね。実は、堀江さんも大阪のご出身で、私も一時期住んでいたんです。だから、鴻池屋や大坂の町の丹念な描き方でやっぱり同じ土地に暮らした方だなぁ、と感激しました。

堀江　ぼくはそれこそ、大阪の堺《さかい》に家があったんです。たしかに今でもエネルギッシュな雰囲気が残ってはいるけど、江戸初期の大坂は、とにかく商人の町ですから、人々の生きるエネルギーに満ちあふれていたわけですよね。それをここでは、史実は影を潜めさせて、街がいきいきと活況を呈する様をきっちり描いているのが面白かったです。

あと、驚いたのはふたりのヒロインの設定ですね。男装のプリンセス・茜《あかね》。かたや、大店の新興商人の娘・お龍《りゅう》。この男装のふたりが対になって、光と影の役割になっているのは、面白いと思いました。「〇〇年には何があった……」というように、時代背景や設定をこと細かく説明して描くのではなく、登場人物を動かすことによって、大坂の町の雰囲気を描写している。それが最初からいきいきと伝わってくるので、ひきこまれました。

滝乃　女の子がふたりでてくる場合、どちらかというと読者に近いお龍ちゃんの目線にあわせて描かれることが多いと思うんだけど、それがここでは逆なんだよね。そこが新鮮だった。でも、茜の気高さが最初は正直言うと鼻につくところもある。もちろん、元お姫様なんだから、そういう育ち方をしたということなんだけど。

堀江　だからこれは、プリンセスの成長物語なんですよ。「男装」って、女性が女性性を獲得する前の象徴でもあると思うんですよね。この場合は、お姫様として生きることができないから仕方なく男装しますっていう。本来のお姫様である茜は今、まさにつぼみの状態なんですね。二巻で、囚われた御城代の屋敷でお姫様の打ち掛けをまとうシーンがある。そういうところから予感させられるのは、茜がこの先お姫様として本当に開花することができるのかっていうところですよね。実際に読者にも、今から女性として開花していく世代の方が多いと思うんです。少女から大人になる過渡期にある世代特有の自意識のあらわし方が、茜とお龍ちゃんの男装にすこしだけ通じるのかな、と。

滝乃　その見方、すごく面白いと思う。町娘のかっこうはしたくない、ていうのは、思春期の女の子の、「女になりたくない」っていう、強烈な自意識と通じるよね。そんなのやるくらいなら男装してやるみたいな。クラスにそういう子って必ずひとりはいる（笑）。

堀江　単純に、「女」としての役割を受け入れられるかどうかって問題は、実際にありますよね。もちろん男性でもそうで、性差を素直に受け入れられる男の子も女の子もいるんですけど、それが出来ない子だっている。平安時代末期に書かれた『とりかへばや物語』

という物語があります。これは鎌倉とか室町時代あたりまでとても人気があった書物で、実は女性が女性性を獲得するために、いったん男装して世の中を見てまわる、って設定です。もともと日本人がものすごく好きな構図なんですね。『あかね』にはそこに通じる物語性を感じる。茜は影を持つ男装のプリンセス。その一方でお龍ちゃんが持つのは光の部分で、茜のような陰りがない。だからこそ、このふたりの対比がすごく面白い。なおかつ、それぞれのボディーガードも対になってますよね。傾《かぶ》き者の甲斐《かい》が野生児のお龍ちゃんについて、物腰はやわらかいけど実は非情で残酷な真田《さなだ》大助《だいすけ》がお姫様の茜につく。一巻で茜は大助のことをただ単に慕っているという段階だけど、二巻では大助を男性として慕っている、という恋愛感情の芽生えを経験しましたよね。一方の大助は、危機のときには必ず駆けつけて読者をわかせてくれますが、背景には隠し財産をめぐる払拭できない疑惑もあって、読者としては、もしかしたら……と思わせられる。でも、茜は大助を信じようとするがため、あえて深くつきつめようとしないですよね。

対照的なふたりのボディーガード

滝乃　実は私、大助がとつぜん「これまで本当に茜様のことを想ってお守りしてきたとお思いですか？」とか言い出したりしないかな、って期待してました（笑）。

堀江　それはたしかに（笑）。大助はシックなお侍さんの格好をしているんだけど、甲斐は顔に傷があって、出生に影の部分もあるし、言葉使いも荒々しくてワイルド系。いわば「バサラ」で、不良少年の格好ですよね。甲斐が着ている片輪車模様の着物ってレディースものじゃないのかな。傾き者はときに異性の着物をまとうことがあったわけだし、日本文化のひとつの風潮ですね。ふたりとも総髪《そうはつ》なのは、流れ者っていうことでしょうし。大助が要所要所の登場なだけに、ど派手で目立つ甲斐についつい目がいってしまう。それだけに、もしかして大助の正体は……なんて期待する部分もありました。でも、茜の恋は、身分の格差以上に問題が山積み。というのも大助は茜のことをガードする相手としてしか見てないように思うんです。だからこそ、茜の一歳下で、大助の家臣の忍び・才蔵《さいぞう》が、現実的な相手として見え隠れしているように思いました。

滝乃　そんなリアルな恋愛対象になるかなあ。

堀江　女の子の成長物語ならば、やっぱり恋愛プロセスは必須じゃないですか。恋愛の前にまず憧れがあって、その対象は同級生よりも年上の先輩だったりするわけですよ。その次に、でも同級生も気になる、みたいな。そういう憧れと恋愛の経験を通じて女の子は成長するんだと思うんです。シリーズが続いてくれたら、宿命の行方に加えて、必ず恋愛模様が入ってくると思うし、読者としてはそれが読みたいのでは。

滝乃　たしかにそうだね。期待しちゃいます。

過酷なプリンセス・ストーリー

滝乃　ドラマ化もされた『緒方洪庵　浪華の事件帳』は男装の麗人が主人公だし、闇の一族〈在天別流《ざいてんべつりゅう》〉が出てきますよね。『あかね』も大坂が舞台で、男装の姫君に、〈在天〉もからんでいる。これもファンにはたまらない設定だよね。

堀江　これまでの本格的時代小説には、独創的なスタイルが許されないような、制約みたいなものがあると思うんですよね。そういう意味で今回は、このレーベルらしく「青春時代小説！」とうたって、とてもいきいきと描いていらして、築山先生の創作意欲を感じます！

滝乃　一巻のラストが本当によかった！　実の母からの衝撃の告白があって、しかも目の前で自害するという……。

堀江　茜のプリンセス物語であるはずなのに、衝撃なのは、偽者かもしれない、って疑惑が持ち上がるところですね。アイデンティティがとつぜん揺らぐ瞬間です。自分のアイデンティティに傷が入るっていうのがまず信じがたい。一方で、普通の女の子として生きたいっていう思いもある。自分がもし本物の姫君ではないのなら、ここまで背負ったものが全部なくなる。そうしたらどれだけ楽になるかな、と考えざるを得ない茜の境遇がすごく可哀そうに思えました。

滝乃　面白いのはお母さんが死んだことよりも本物の姫じゃないかもってことに傷ついていますよね。姫としては当然かもしれないけど、現代を生きる読者にとって共感しにくい感情をあえて描いていくところに、築山先生のこだわりを感じます。

堀江　茜の心情を考えると、幼くして離れた母のことをよく知らないんじゃないかな。武蔵忍城《むさしおしじょう》の城主の娘で、豊家《ほうけ》には人質として入った……という伝聞のような記述が出てきますし。茜としては、母方の意識は薄くて、あくまでも自分は父系の血を継承する器だ、という自覚がある。これは、国松丸《くにまつまる》を探すか自分が子供を産むかして、豊臣の血を絶やしてはならないという宿命を感じているんだと思います。影を宿して宿命と戦っている女の子って、ものすごくかっこいいし、独特の色気が出る。逆にそれがせつなくて、ぐっときました。茜の魅力ってそういうところにもあると思います。

滝乃　この年にして、子を産むことを宿命と感じてるんですよね。大変だなあ。

堀江　茜に期待されているのは正妻の座ですよね。いわば家のなかで女将になること。ちなみに側室は女性従業員じゃないですか。戦国時代には、何人も主の子供をつくって血を継承していく必要があった。だから、子供をつくるのは任務だと思っている。でも茜は正妻の座を期待されながら「女」として育っていないんですね。まだ少年の格好をしている少女であって、恋愛を通じて成長する必要がある。少年の格好から女性の気持ちに戻してくれる「魔法」が必要なんですね。まず茜にとっては恋愛を経験することが成長の第一ステップだと思うんです。女性としては、他人から自分を「女」として認めて肯定してもらえる場所をつくりたいじゃないですか。でも、あえてそういう感情を遠ざけようとする茜に同情します。あと、女の子が成長するときに大事なのは、女の子同士の友情だと思うんです。茜には同じ年のお龍ちゃんが近くにいるんだけど、お龍のことあんまり意識していないよね（笑）。

滝乃　一巻ではいい感じだったのに。

堀江　友達なんかいらない、みたいなね。でも、ゆくゆくは友情が芽生えていけばいいなと思うんですよ。使命に突き動かされる器みたいな意識があって、いまは豊臣家再興の旗印でしかない茜。その哀れな宿命こそが、プリンセスものの醍醐味なんですけどね。友情と恋愛を通じて、より成長する茜の姿も見てみたいです。

史実とフィクションのバランス

堀江　茜にとってはたった一人の血を分けた姉弟である国松丸は、史実では残念ながら斬首されたことになってますが、「花のようなる秀頼《ひでより》さまを　鬼のようなる真田がつれて退《ひ》きも退いたり　加護島《かごしま》へ」という童唄《わらべ》が残っている。それこそ民衆の心理として、生かしたい、生きていてほしいって気持ちの表れですよね。島原の乱を起こした天草四郎《あまくさしろう》だって、お父さんは秀頼だったとかいう珍説が残ってたりするくらいですし。

滝乃　とんでもない説だと思うけど（笑）。

堀江　「人気の豊臣、不人気の徳川」が当時の共通認識ですから。不人気の理由は主殺しも関係しているんでしょう。それも今回のドラマの核になっていますよね。幕府がまとめた公式記録『徳川実記《じっき》』には、家康のかっこ悪いところや弱さもふくめて人間的な面を書き残してあるんです。そこまでしてもさっぱり人気がでない。平和の象徴でもある黄金太閤とくらべて、江戸時代は嫌われてます。

滝乃　下から成り上がったっていうのが今も昔も人気なんじゃない。諸説あるけど、農民の出と言われていたため、どうしても征夷大将軍になれなかったっていうのもいいのかも。

堀江　何でもオープンにして親しみやすいキャラ作りをした戦略が裏目にでて、征夷大将軍になれなかったんだね（笑）。でも、ただびとではない、っていう天下人のオーラがあったんだと思います。国の中枢にいた神様みたいな人。共感を呼ぶ血筋なんだよ。それを言うとお龍ちゃんも親しみやすいし、大物感がある。お龍が船に乗り込むっていうのは、幕末に生きた大浦慶《おおうらけい》さんという、実在の女性貿易商に重なります。坂本龍馬《さかもとりょうま》にお金貸したりした女傑で、十六歳で一度結婚したんだけど、養子に来たダンナを一日で放り出したらしい。それから自分の貿易会社をつくって船で上海に乗り込んで日本茶を売り込んだり。東インド会社の重役テキストルと仲良くなって、上・中・下に茶種をわけてそれを日本から上海に輸出して、七十二トンも売ったというし。龍馬が三百両を借りた時、担保のかわりにハンサムで知られた陸奥宗光《むつむねみつ》を担保においていった、というエピソードもあるんです。

滝乃　それ面白いよね。担保の役目として、お風呂でお慶さんの背中を流したりしてたんだって？

堀江　陸奥本人の証言があるんですよ。お慶さん本人も、私は確かに単身乗り込みましたって認めている。その人にお龍ちゃんを重ねてしまう。

滝乃　戦国時代も女城主とか女武者とかもいましたしね。江戸時代あたりまでは男装の女性って珍しくはなかったというし。日本には魅力的な女傑がいたんですね。

堀江　あと、ここに出てくる〈白犬《しろいぬ》〉衆も実在したんですよね。門徒を攻撃しない、城を射ぬ、人々。こういう集団と、謎の一族〈在天別流〉もそうですが、史実にうまくそういうフィクションを織り交ぜてあるので、面白い！　この魅力的な時代の大坂を舞台に、茜と大助、そしてお龍と甲斐たちがこれからどう生きていくかをぜひ続けて描いていただきたいです。期待しています！

（構成・編集部）

堀江宏樹（ほりえ・ひろき）
作家。１９７７年生まれ、大阪府出身。早稲田大学第一文学部フランス文学科卒。大学在学中より、女性史や歴史をメインにした文筆活動をスタート。著書に『マリー・アントワネットとフランスの女たち』（春日出版）、『フェティシズムの世界史』（竹書房文庫）など、共著に『乙女の日本史』（東京書籍）がある。

滝乃みわこ（たきの・みわこ）
編集者兼イラストレーター。１９７７年生まれ、広島県出身。広島修道大学人文学部人間関係学科卒。出版社への漫画投稿をきっかけに、編集者の道へ。小学校時代からの日本史ファン。著書に『スローライフにあこがれて』（メディアファクトリー）、共著に『乙女の日本史』（東京書籍）がある。

本書は、書き下ろしです。

浪華疾風伝《なにわしっぷうでん》 あかね 弐《に》 夢《ゆめ》のあと
築山《つきやま》 桂《けい》

2010年3月18日初版発行

発行者……坂井宏先
編集……ジャイブ株式会社
発行所……株式会社ポプラ社
〒160-8565 東京都新宿区大京町22-1
電話……03-3357-2212(営業)
03-5367-2743(編集)
0120-666-553(お客様相談室)
ファックス……03-3359-2359(ご注文)
振替……00140-3-149271
フォーマットデザイン 荻窪裕司(bee's knees)
印刷・製本 凸版印刷株式会社

ポプラ文庫ピュアフル

ホームページ http://bungei-pureful.jive-ltd.co.jp/

N.D.C.913/303p/15cm
ISBN978-4-591-11679-1